Arthur Schnitzler, geboren am 15. 5. 1862 in Wien, ist am 21. 10. 1931 ebendort gestorben.

Zur Poetik der Moderne gehört der »innere Monolog«. Als erster hat Arthur Schnitzler in seinen Monolognovellen diese Form zur Verdeutlichung psychischer Prozesse in die deutschsprachige Literatur eingeführt. In der 1900 zuerst veröffentlichten Novelle *Leutnant Gustl* folgt die äußere Handlung, die nur wenige Stunden umfaßt, ausschließlich dem Reflexionsstrom des um seine gesellschaftliche Stellung bangenden Leutnants – gerade durch diese Technik erscheint der satirische Kern der Novelle in aller Schärfe.

Eindrucksvoll fortgeführt hat Schnitzler die Technik des inneren Monologs und die stringente Konzentration auf die »Innenwelt« seiner Figuren in *Andreas Thameyers letzter Brief* aus dem Jahr 1902 und in der 1924 erschienenen Novelle *Fräulein Else*.

insel taschenbuch 2802

Arthur Schnitzler

Fräulein Else
Leutnant Gustl
Andreas Thameyers letzter Brief

ARTHUR SCHNITZLER

FRÄULEIN ELSE
LEUTNANT GUSTL
ANDREAS THAMEYERS LETZTER BRIEF

Herausgegeben
und mit einem Nachwort versehen
von Hansgeorg Schmidt-Bergmann

Insel Verlag

Umschlagabbildung: Egon Schiele, Adele Harms, 1917,
Ausschnitt

insel taschenbuch 2802
Erste Auflage 2002
Insel Verlag Frankfurt am Main und Leipzig

Hinweise zu dieser Ausgabe am Schluß des Bandes
Vertrieb durch den Suhrkamp Taschenbuch Verlag
Umschlag nach Entwürfen von Willy Fleckhaus
Satz: Hümmer GmbH, Waldbüttelbrunn
Druck: Druckhaus Nomos, Sinzheim
Printed in Germany
ISBN 978-3-458-34502-2

3 4 5 6 7 8 – 12 11 10 09 08 07

INHALT

FRÄULEIN ELSE

»*Du willst wirklich nicht mehr weiterspielen, Else?*« – »Nein, Paul, ich kann nicht mehr. Adieu. – Auf Wiedersehen, gnädige Frau.« – »*Aber, Else, sagen Sie mir doch: Frau Cissy. – Oder lieber noch: Cissy, ganz einfach.*« – »Auf Wiedersehen, Frau Cissy.« – »*Aber warum gehen Sie denn schon, Else? Es sind noch volle zwei Stunden bis zum Dinner.*« – »Spielen Sie nur Ihr Single mit Paul, Frau Cissy, mit mir ist's doch heut' wahrhaftig kein Vergnügen.« – »*Lassen Sie sie, gnädige Frau, sie hat heut' ihren ungnädigen Tag. – Steht dir übrigens ausgezeichnet zu Gesicht, das Ungnädigsein, Else. – Und der rote Sweater noch besser.*« – »Bei Blau wirst du hoffentlich mehr Gnade finden, Paul. Adieu.«

Das war ein ganz guter Abgang. Hoffentlich glauben die Zwei nicht, daß ich eifersüchtig bin. – Daß sie was miteinander haben, Cousin Paul und Cissy Mohr, darauf schwör' ich. Nichts auf der Welt ist mir gleichgültiger. – Nun wende ich mich noch einmal um und winke ihnen zu. Winke und lächle. Sehe ich nun gnädig aus? – Ach Gott, sie spielen schon wieder. Eigentlich spiele ich besser als Cissy Mohr; und Paul ist auch nicht gerade ein Matador. Aber gut sieht er aus – mit dem offenen Kragen und dem Bösen-Jungen-Gesicht. Wenn er nur weniger affektiert wäre. Brauchst keine Angst zu haben, Tante Emma …

Was für ein wundervoller Abend! Heut' wär' das richtige Wetter gewesen für die Tour auf die Rosetta-Hütte. Wie herrlich der Cimone in den Himmel ragt! – Um fünf Uhr früh wär' man aufgebrochen. Anfangs wär' mir natürlich übel gewesen, wie gewöhnlich. Aber das verliert sich. – Nichts köstlicher als das Wandern im Morgengrauen. – Der einäugige Amerikaner auf der Rosetta hat ausgesehen wie ein Boxkämpfer. Vielleicht hat ihn beim Boxen wer das Aug' ausgeschlagen. Nach Amerika würd' ich ganz gern heiraten, aber keinen Amerikaner. Oder ich heirat' einen Amerikaner und wir leben in Europa. Villa an der Riviera. Marmorstufen ins Meer. Ich liege nackt auf dem Marmor. – Wie lang ist's her, daß wir in Mentone waren? Sieben oder acht Jahre. Ich war dreizehn oder vierzehn. Ach ja, damals waren wir noch in besseren Verhältnissen. – Es war eigentlich ein Unsinn die Partie aufzuschieben. Jetzt wären wir jedenfalls schon zurück. – Um vier, wie ich zum Tennis gegangen bin, war der telegraphisch angekündigte Expreßbrief von Mama noch nicht da. Wer weiß, ob jetzt. Ich hätt' noch ganz gut ein Set spielen können. –Warum grüßen mich diese zwei jungen Leute? Ich kenn' sie gar nicht. Seit gestern wohnen sie im Hotel, sitzen beim Essen links am Fenster, wo früher die Holländer gesessen sind. Hab' ich ungnädig gedankt? Oder gar hochmütig? Ich bin's ja gar nicht. Wie sagte Fred auf dem Weg vom ›Coriolan‹ nach Hause? Frohgemut. Nein, hochgemut. Hochgemut sind Sie, nicht hochmütig, Else. – Ein schönes Wort. Er findet immer schöne Worte. – Warum geh' ich so langsam? Fürcht' ich mich am Ende vor Mamas Brief? Nun, Angenehmes wird er wohl nicht enthalten. Expreß! Vielleicht muß ich wieder zurückfahren. O weh. Was für ein Leben – trotz rotem Seidensweater und Seidenstrümpfen. Drei Paar! Die arme Verwandte, von der reichen Tante eingeladen. Sicher bereut sie's schon. Soll ich's dir schriftlich geben, teuere Tante, daß ich an Paul nicht im Traum denke? Ach, an niemanden denke ich. Ich bin nicht verliebt. In niemanden. Und war noch nie verliebt. Auch in Albert bin ich's nicht gewesen, obwohl ich es mir acht Tage lang eingebildet habe. Ich glaube, ich kann mich nicht verlieben. Eigentlich merkwürdig. Denn sinnlich bin ich gewiß. Aber auch hochgemut und ungnädig Gott sei Dank. Mit dreizehn war ich vielleicht das einzige Mal wirklich verliebt. In den Van Dyck – oder vielmehr in den Abbé Des Grieux, und in die Renard auch. Und wie ich sechzehn war, am Wörthersee. – Ach nein, das war nichts. Wozu nachdenken, ich schreibe ja keine Memoiren. Nicht einmal ein Tagebuch wie die Bertha. Fred ist mir sympathisch, nicht mehr. Vielleicht, wenn er eleganter wäre. Ich bin ja doch ein Snob. Der Papa findet's auch und lacht mich aus. Ach, lieber Papa, du machst mir viel Sorgen. Ob er die Mama einmal betrogen hat? Sicher. Öfters. Mama ist ziemlich dumm. Von mir hat sie keine Ahnung. Andere Menschen auch nicht. Fred? – Aber eben nur eine Ahnung. – Himmlischer Abend. Wie festlich das Hotel aussieht. Man spürt: Lauter Leute, denen es gut geht und die keine Sorgen haben. Ich zum Beispiel. Haha! Schad'. Ich wär' zu einem sorgenlosen Leben geboren. Es könnt' so schön sein. Schad'. – Auf dem Cimone liegt ein roter Glanz. Paul würde sagen: Alpenglühen. Das ist noch lang' kein Alpenglühen. Es ist zum Weinen schön. Ach, warum muß man wieder zurück in die Stadt!

»*Guten Abend, Fräulein Else.*« – »Küss' die Hand gnädige Frau.« – »*Vom Tennis?*« – Sie sieht's doch, warum fragt sie? »Ja, gnädige Frau. Beinah drei Stunden lang haben wir gespielt. – Und gnädige Frau machen noch einen Spaziergang?« – »*Ja, meinen gewohnten Abendspaziergang. Den Rolleweg. Der geht so schön zwischen den Wiesen, bei Tag ist er beinahe zu sonnig.*« – »Ja, die Wiesen hier sind herrlich. Besonders im Mondenschein von meinem Fenster aus.«

»*Guten Abend, Fräulein Else. – Küss' die Hand, gnädige Frau.*« – »Guten Abend, Herr von Dorsday.« – »*Vom Tennis, Fräulein Else?*« – »Was für ein Scharfblick, Herr von Dorsday.« – »*Spotten Sie nicht, Else.*« – Warum sagt er nicht ›Fräulein Else‹? – »*Wenn man mit dem Rakett so gut ausschaut, darf man es gewissermaßen auch als Schmuck tragen.*« – Esel, darauf antworte ich gar nicht. »Den ganzen Nachmittag haben wir gespielt. Wir waren leider nur Drei. Paul, Frau Mohr und ich.« – »*Ich war früher ein enragierter Tennisspieler.*« – »Und jetzt nicht mehr?« – »*Jetzt bin ich zu alt dazu.*« – »Ach, alt, in Marienlyst, da war ein fünfundsechzigjähriger Schwede, der spielte jeden Abend von sechs bis acht Uhr. Und im Jahr vorher hat er sogar noch bei einem Turnier mitgespielt.« – »*Nun, fünfundsechzig bin ich Gott sei Dank noch nicht, aber leider auch kein Schwede.*« – Warum leider? Das hält er wohl für einen Witz. Das Beste, ich lächle höflich und gehe. »Küss' die Hand, gnädige Frau. Adieu, Herr von Dorsday«. Wie tief er sich verbeugt und was für Augen er macht. Kalbsaugen. Hab ich ihn am Ende verletzt mit dem fünfundsechzigjährigen Schweden? Schad't auch nichts. Frau Winawer muß eine unglückliche Frau sein. Gewiß schon nah an fünfzig. Diese Tränensäcke, – als wenn sie viel geweint hätte. Ach wie furchtbar, so alt zu sein. Herr von Dorsday nimmt sich ihrer an. Da geht er an ihrer Seite. Er sieht noch immer ganz gut aus mit dem graumelierten Spitzbart. Aber sympathisch ist er nicht. Schraubt sich künstlich hinauf. Was hilft Ihnen Ihr erster Schneider, Herr von Dorsday? Dorsday! Sie haben sicher einmal anders geheißen. – Da kommt das süße kleine Mädel von Cissy mit ihrem Fräulein. – »Grüß dich Gott, Fritzi. Bon soir, Mademoiselle. Vous allez bien?« – »*Merci, Mademoiselle. Et vous?*« – »Was seh' ich, Fritzi, du hast ja einen Bergstock. Willst du am End' den Cimone besteigen?« – »*Aber nein, so hoch hinauf darf ich noch nicht.*« – »Im nächsten Jahr wirst du es schon dürfen. Pah, Fritzi. A bientôt, Mademoiselle.« – »*Bon soir, Mademoiselle.*

Eine hübsche Person. Warum ist sie eigentlich Bonne? Noch dazu bei Cissy. Ein bitteres Los. Ach Gott, kann mir auch noch blühen. Nein, ich wüßte mir jedenfalls was Besseres. Besseres? – Köstlicher Abend. ›Die Luft ist wie Champagner‹, sagte gestern Doktor Waldberg. Vorgestern hat es auch einer gesagt. – Warum die Leute bei dem wundervollen Wetter in der Halle sitzen? Unbegreiflich. Oder wartet jeder auf einen Expreßbrief? Der Portier hat mich schon gesehen; – wenn ein Expreßbrief für mich da wäre, hätte er mir ihn sofort hergebracht. Also keiner da. Gott sei Dank. Ich werde mich noch ein bißl hinlegen vor dem Diner. Warum sagt Cissy ›Dinner‹? Dumme Affektation. Passen zusammen, Cissy und Paul. – Ach, wär der Brief lieber schon da. Am Ende kommt er während des ›Dinner‹. Und wenn er nicht kommt, hab' ich eine unruhige Nacht. Auch die vorige Nacht hab' ich so miserabel geschlafen. Freilich, es sind gerade diese Tage. Drum hab' ich auch das Ziehen in den Beinen. Dritter September ist heute. Also wahrscheinlich am sechsten. Ich werde heute Veronal nehmen. O, ich werde mich nicht daran gewöhnen. Nein, lieber Fred, du mußt nicht besorgt sein. In Gedanken bin ich immer per Du mit ihm. – Versuchen sollte man alles, – auch Haschisch. Der Marinefähnrich Brandel hat sich aus China, glaub' ich, Haschisch mitgebracht. Trinkt man oder raucht man Haschisch? Man soll prachtvolle Visionen haben. Brandel hat mich eingeladen mit ihm Haschisch zu trinken oder – zu rauchen. – Frecher Kerl. Aber hübsch. –

»*Bitte sehr, Fräulein, ein Brief.*« – Der Portier! Also doch! – Ich wende mich ganz unbefangen um. Es könnte auch ein Brief von der Karoline sein oder von der Bertha oder von Fred oder Miß Jackson? »Danke schön.« Doch von Mama. Expreß. Warum sagt er nicht gleich: ein Expreßbrief? »O, ein Expreß!« Ich mach' ihn erst auf dem Zimmer auf und les' ihn in aller Ruhe. – Die Marchesa. Wie jung sie im Halbdunkel aussieht. Sicher fünfundvierzig. Wo werd' ich mit fünfundvierzig sein? Vielleicht schon tot. Hoffentlich. Sie lächelt mich so nett an, wie immer. Ich lasse sie vorbei, nicke ein wenig, – nicht als wenn ich mir eine besondere Ehre daraus machte, daß mich eine Marchesa anlächelt. – »*Buona sera.*« – Sie sagt mir buona sera. Jetzt muß ich mich doch wenigstens verneigen. War das zu tief? Sie ist ja um so viel älter. Was für einen herrlichen Gang sie hat. Ist sie geschieden? Mein Gang ist auch schön. Aber – ich weiß es. Ja, das ist der Unterschied. – Ein Italiener könnte mir gefährlich werden. Schade, daß der schöne Schwarze mit dem Römerkopf schon wieder fort ist. ›Er sieht aus wie ein Filou‹, sagte Paul. Ach Gott, ich hab' nichts gegen Filous, im Gegenteil. – So, da wär' ich. Nummer siebenundsiebzig. Eigentlich eine Glücksnummer. Hübsches Zimmer. Zirbelholz. Dort steht mein jungfräuliches Bett. – Nun ist es richtig ein Alpenglühen geworden. Aber Paul gegenüber werde ich es abstreiten. Eigentlich ist Paul schüchtern. Ein Arzt, ein Frauenarzt! Vielleicht gerade deshalb. Vorgestern im Wald, wie wir so weit voraus waren, hätt' er schon etwas unternehmender sein dürfen. Aber dann wäre es ihm übel ergangen. Wirklich unternehmend war eigentlich mir gegenüber noch niemand. Höchstens am Wörthersee vor drei Jahren im Bad. Unternehmend? Nein, unanständig war er ganz einfach. Aber schön. Apoll vom Belvedere. Ich hab' es ja eigentlich nicht ganz verstanden damals. Nun ja mit – sechzehn Jahren. Meine himmlische Wiese! Meine –! Wenn man sich die nach Wien mitnehmen könnte. Zarte Nebel. Herbst? Nun ja, dritter September, Hochgebirge.

Nun, Fräulein Else, möchten Sie sich nicht doch entschließen, den Brief zu lesen? Er muß sich ja gar nicht auf den Papa beziehen. Könnte es nicht auch etwas mit meinem Bruder sein? Vielleicht hat er sich verlobt mit einer seiner Flammen? Mit einer Choristin oder einem Handschuhmädel. Ach nein, dazu ist er wohl doch zu gescheit. Eigentlich weiß ich ja nicht viel von ihm. Wie ich sechzehn war und er einundzwanzig, da waren wir eine Zeitlang geradezu befreundet. Von einer gewissen Lotte hat er mir viel erzählt. Dann hat er plötzlich aufgehört. Diese Lotte muß ihm irgend etwas angetan haben. Und seitdem erzählt er mir nichts mehr. – Nun ist er offen, der Brief, und ich hab' gar nicht bemerkt, daß ich ihn aufgemacht habe. Ich setze mich aufs Fensterbrett und lese ihn. Achtgeben, daß ich nicht hinunterstürze. Wie uns aus San Martino gemeldet wird, hat sich dort im Hotel Fratazza ein beklagenswerter Unfall ereignet. Fräulein Else T., ein neunzehnjähriges bildschönes Mädchen, Tochter des bekannten Advokaten ... Natürlich würde es heißen, ich hätte mich umgebracht aus unglücklicher Liebe oder weil ich in der Hoffnung war. Unglückliche Liebe, ah nein.

›Mein liebes Kind‹ – Ich will mir vor allem den Schluß anschaun. – ›Also nochmals, sei uns nicht böse, mein liebes gutes Kind und sei tausendmal‹ – Um Gottes willen, sie werden sich doch nicht umgebracht haben! Nein, – in dem Fall wär' ein Telegramm von Rudi da. – ›Mein liebes Kind, du kannst mir glauben, wie leid es mir tut, daß ich dir in deine schönen Ferialwochen‹ – Als wenn ich nicht immer Ferien hätt', leider – ›mit einer so unangenehmen Nachricht hineinplatze.‹ – Einen furchtbaren Stil schreibt Mama – ›Aber nach reiflicher Überlegung bleibt mir wirklich nichts anderes übrig. Also, kurz und gut, die Sache mit Papa ist akut geworden. Ich weiß mir nicht zu raten, noch zu helfen.‹ – Wozu die vielen Worte? – ›Es handelt sich um eine verhältnismäßig lächerliche Summe – dreißigtausend Gulden‹, lächerlich? – ›die in drei Tagen herbeigeschafft sein müssen, sonst ist alles verloren,‹ – Um Gottes willen, was heißt das? – ›Denk dir, mein geliebtes Kind, daß der Baron Höning‹, – wie, der Staatsanwalt? – ›sich heut früh den Papa hat kommen lassen. Du weißt ja, wie der Baron den Papa hochschätzt, ja geradezu liebt. Vor anderthalb Jahren, damals, wie es auch an einem Haar gehangen hat, hat er persönlich mit den Hauptgläubigern gesprochen und die Sache noch im letzten Moment in Ordnung gebracht. Aber diesmal ist absolut nichts zu machen, wenn das Geld nicht beschafft wird. Und abgesehen davon, daß wir alle ruiniert sind, wird es ein Skandal, wie er noch nicht da war. Denk' dir, ein Advokat, ein berühmter Advokat, – der, – nein, ich kann es gar nicht niederschreiben. Ich kämpfe immer mit den Tränen. Du weißt ja, Kind, du bist ja klug, wir waren ja, Gott sei's geklagt, schon ein paar Mal in einer ähnlichen Situation und die Familie hat immer herausgeholfen. Zuletzt hat es sich gar um hundertzwanzigtausend gehandelt. Aber damals hat der Papa einen Revers unterschreiben müssen, daß er niemals wieder an die Verwandten, speziell an den Onkel Bernhard, herantreten wird.‹ – Na weiter, weiter, wo will denn das hin? Was kann denn ich dabei tun? – ›Der Einzige, an den man eventuell noch denken könnte, wäre der Onkel Viktor, der befindet sich aber unglücklicherweise auf einer Reise zum Nordkap oder nach Schottland‹ – Ja, der hat's gut, der ekelhafte Kerl – ›und ist absolut unerreichbar, wenigstens für den Moment. An die Kollegen, speziell Dr. Sch., der Papa schon öfter ausgeholfen hat‹ – Herrgott, wie stehn wir da – ›ist nicht mehr zu denken, seit er sich wieder verheiratet hat‹ – also was denn, was denn, was wollt ihr denn von mir? – ›Und da ist nun dein Brief gekommen, mein liebes Kind, wo du unter andern Dorsday erwähnst, der sich auch im Fratazza aufhält, und das ist uns wie ein Schicksalswink erschienen. Du weißt ja, wie oft Dorsday in früheren Jahren zu uns gekommen ist‹ – na, gar so oft – ›es ist der reine Zufall, daß er sich seit zwei, drei Jahren seltener blicken läßt; er soll in ziemlich festen Banden sein – unter uns, nichts sehr

Feines‹ – warum ›unter uns?‹ – ›Im Residenzklub hat Papa jeden Donnerstag noch immer seine Whistpartie mit ihm, und im verflossenen Winter hat er ihm im Prozeß gegen einen andern Kunsthändler ein hübsches Stück Geld gerettet. Im übrigen, warum sollst du es nicht wissen, er ist schon früher einmal dem Papa beigesprungen.‹ – Hab' ich mir gedacht – ›Es hat sich damals um eine Bagatelle gehandelt, achttausend Gulden, – aber schließlich – dreißig bedeuten für Dorsday auch keinen Betrag. Darum hab' ich mir gedacht, ob du uns nicht die Liebe erweisen und mit Dorsday reden könntest‹ – Was? – ›Dich hat er ja immer besonders gern gehabt‹ – Hab' nichts davon gemerkt. Die Wange hat er mir gestreichelt, wie ich zwölf oder dreizehn Jahre alt war. ›Schon ein ganzes Fräulein.‹ – ›Und da Papa seit den achttausend glücklicherweise nicht mehr an ihn herangetreten ist, so wird er ihm diesen Liebesdienst nicht verweigern. Neulich soll er an einem Rubens, den er nach Amerika verkauft hat, allein achtzigtausend verdient haben. Das darfst du selbstverständlich nicht erwähnen.‹ – Hältst du mich für eine Gans, Mama? – ›Aber im übrigen kannst du ganz aufrichtig zu ihm reden. Auch, daß der Baron Höning sich den Papa hat kommen lassen, kannst du erwähnen, wenn es sich so ergeben sollte. Und daß mit den dreißigtausend tatsächlich das Schlimmste abgewendet ist, nicht nur für den Moment, sondern, so Gott will, für immer.‹ – Glaubst du wirklich, Mama? – ›Denn der Prozeß Erbesheimer, der glänzend steht, trägt dem Papa sicher hunderttausend, aber selbstverständlich kann er gerade in diesem Stadium von den Erbesheimers nichts verlangen. Also, ich bitte dich, Kind, sprich mit Dorsday. Ich versichere dich, es ist nichts dabei. Papa hätte ihm ja einfach telegraphieren können, wir haben es ernstlich überlegt, aber es ist doch etwas ganz anderes, Kind, wenn man mit einem Menschen persönlich spricht. Am sechsten um zwölf muß das Geld da sein, Doktor F.‹ – Wer ist Doktor F.? Ach ja, Fiala. – ›ist unerbittlich. Natürlich ist da auch persönliche Rancune dabei. Aber da es sich unglücklicherweise um Mündelgelder handelt‹ – Um Gottes willen! Papa, was hast du getan? – ›kann man nichts machen. Und wenn das Geld am fünften um zwölf Uhr mittags nicht in Fialas Händen ist, wird der Haftbefehl erlassen, vielmehr so lange hält der Baron Höning ihn noch zurück. Also Dorsday müßte die Summe telegraphisch durch seine Bank an Doktor F. überweisen lassen. Dann sind wir gerettet. Im andern Fall weiß Gott was geschieht. Glaub' mir, du vergibst dir nicht das Geringste, mein geliebtes Kind. Papa hatte ja anfangs Bedenken gehabt. Er hat sogar noch Versuche gemacht auf zwei verschiedenen Seiten. Aber er ist ganz verzweifelt nach Hause gekommen.‹ – Kann Papa überhaupt verzweifelt sein? – ›Vielleicht nicht einmal so sehr wegen des Geldes, als darum, weil die Leute sich so schändlich gegen ihn benehmen. Der eine von ihnen war einmal Papas bester Freund. Du kannst dir denken, wen ich meine.‹ – Ich kann mir gar nichts denken. Papa hat so viel beste Freunde gehabt und in Wirklichkeit keinen. Warnsdorf vielleicht? – ›Um ein Uhr ist Papa nach Hause gekommen, und jetzt ist es vier Uhr früh. Jetzt schläft er endlich, Gott sei Dank.‹ – Wenn er lieber nicht aufwachte, das wär' das beste für ihn. – ›Ich gebe den Brief in aller früh selbst auf die Post, expreß, da mußt du ihn vormittag am dritten haben.‹ – Wie hat sich Mama das vorgestellt? Sie kennt sich doch in diesen Dingen nie aus. – ›Also sprich sofort mit Dorsday, ich beschwöre dich und telegraphiere sofort, wie es ausgefallen ist. Vor Tante Emma laß dir um Gottes willen nichts merken, es ist ja traurig genug, daß man sich in einem solchen Fall an die eigene Schwester nicht wenden kann, aber da könnte man ja ebensogut zu einem Stein reden.

Mein liebes, liebes Kind, mir tut es ja so leid, daß du in deinen jungen Jahren solche Dinge mitmachen mußt, aber glaub' mir, der Papa ist zum geringsten Teil selber daran schuld.‹ – Wer denn, Mama? – ›Nun, hoffen wir zu Gott, daß der Prozeß Erbesheimer in jeder Hinsicht einen Abschnitt in unserer Existenz bedeutet. Nur über diese paar Wochen müssen wir hinaus sein. Es wäre doch ein wahrer Hohn, wenn wegen der dreißigtausend Gulden ein Unglück geschähe?‹ – Sie meint doch nicht im Ernst, daß Papa sich selber ... Aber wäre – das andere nicht noch schlimmer? – ›Nun schließe ich, mein Kind, ich hoffe, du wirst unter allen Umständen‹ – Unter allen Umständen? – ›noch über die Feiertage, wenigstens bis neunten oder zehnten in San Martino bleiben können. Unseretwegen mußt du keineswegs zurück. Grüße die Tante, sei nur weiter nett mit ihr. Also nochmals, sei uns nicht böse, mein liebes gutes Kind, und sei tausendmal‹ – ja, das weiß ich schon.

Also, ich soll Herrn Dorsday anpumpen ... Irrsinnig. Wie stellt sich Mama das vor? Warum hat sich Papa nicht einfach auf die Bahn gesetzt und ist hergefahren? – Wär' grad' so geschwind gegangen wie der Expreßbrief. Aber vielleicht hätten sie ihn auf dem Bahnhof wegen Fluchtverdacht – – Furchtbar, furchtbar! Auch mit den dreißigtausend wird uns ja nicht geholfen sein. Immer diese Geschichten! Seit sieben Jahren! Nein – länger. Wer möcht' mir das ansehen? Niemand sieht mir was an, auch dem Papa nicht. Und doch wissen es alle Leute. Rätselhaft, daß wir uns immer noch halten. Wie man alles gewöhnt! Dabei leben wir eigentlich ganz gut. Mama ist wirklich eine Künstlerin. Das Souper am letzten Neujahrstag für vierzehn Personen – unbegreiflich. Aber dafür meine zwei Paar Ballhandschuhe, die waren eine Affäre. Und wie der Rudi neulich dreihundert Gulden gebraucht hat, da hat die Mama beinah' geweint. Und der

Papa ist dabei immer gut aufgelegt. Immer? Nein. O nein. In der Oper neulich bei Figaro sein Blick, – plötzlich ganz leer – ich bin erschrocken. Da war er wie ein ganz anderer Mensch. Aber dann haben wir im Grand Hotel soupiert und er war so glänzend aufgelegt wie nur je.

Und da halte ich den Brief in der Hand. Der Brief ist ja irrsinnig. Ich soll mit Dorsday sprechen? Zu Tod' würde ich mich schämen. – – Schämen, ich mich? Warum? Ich bin ja nicht schuld. – Wenn ich doch mit Tante Emma spräche? Unsinn. Sie hat wahrscheinlich gar nicht so viel Geld zur Verfügung. Der Onkel ist ja ein Geizkragen. Ach Gott, warum habe ich kein Geld? Warum hab' ich mir noch nichts verdient? Warum habe ich nichts gelernt? O, ich habe was gelernt! Wer darf sagen, daß ich nichts gelernt habe? Ich spiele Klavier, ich kann französisch, englisch, auch ein bißl italienisch, habe kunstgeschichtliche Vorlesungen besucht – Haha! Und wenn ich schon was Gescheiteres gelernt hätte, was hülfe es mir? Dreißigtausend Gulden hätte ich mir keineswegs erspart. – –

Aus ist es mit dem Alpenglühen. Der Abend ist nicht mehr wunderbar. Traurig ist die Gegend. Nein, nicht die Gegend, aber das Leben ist traurig. Und ich sitz' da ruhig auf dem Fensterbrett. Und der Papa soll eingesperrt werden. Nein. Nie und nimmer. Es darf nicht sein. Ich werde ihn retten. Ja, Papa, ich werde dich retten. Es ist ja ganz einfach. Ein paar Worte ganz nonchalant, das ist ja mein Fall, ›hochgemut‹, – haha, ich werde Herrn Dorsday behandeln, als wenn es eine Ehre für ihn wäre, uns Geld zu leihen. Es ist ja auch eine. – Herr von Dorsday, haben Sie vielleicht einen Moment Zeit für mich? Ich bekomme da eben einen Brief von Mama, sie ist in augenblicklicher Verlegenheit, – vielmehr der Papa – – ›Aber selbstverständlich, mein Fräulein, mit dem größten Vergnügen. Um wieviel handelt es sich denn?‹ – Wenn er mir nur nicht so unsympathisch wäre. Auch die Art, wie er mich ansieht. Nein, Herr Dorsday, ich glaube Ihnen Ihre Eleganz nicht und nicht Ihr Monokel und nicht Ihre Noblesse. Sie könnten ebensogut mit alten Kleidern handeln wie mit alten Bildern. – Aber Else! Else, was fällt dir denn ein. – O, ich kann mir das erlauben. Mir sieht's niemand an. Ich bin sogar blond, rötlichblond, und Rudi sieht absolut aus wie ein Aristokrat. Bei der Mama merkt man es freilich gleich, wenigstens im Reden. Beim Papa wieder gar nicht. Übrigens sollen sie es merken. Ich verleugne es durchaus nicht und Rudi erst recht nicht. Im Gegenteil. Was täte der Rudi, wenn der Papa eingesperrt würde? Würde er sich erschießen? Aber Unsinn! Erschießen und Kriminal, all die Sachen gibt's ja gar nicht, die stehn nur in der Zeitung.

Die Luft ist wie Champagner. In einer Stunde ist das Diner, das ›Dinner‹. Ich kann die Cissy nicht leiden. Um ihr Mäderl kümmert sie sich überhaupt nicht. Was zieh' ich an? Das blaue oder das schwarze? Heut' wär vielleicht das schwarze richtiger. Zu dekolletiert? Toilette de circonstance heißt es in den französischen Romanen. Jedesfalls muß ich berückend aussehen, wenn ich mit Dorsday rede. Nach dem Dinner, nonchalant. Seine Augen werden sich in meinen Ausschnitt bohren. Widerlicher Kerl. Ich hasse ihn. Alle Menschen hasse ich. Muß es gerade Dorsday sein? Gibt es denn wirklich nur diesen Dorsday auf der Welt, der dreißigtausend Gulden hat? Wenn ich mit Paul spräche? Wenn er der Tante sagte, er hat Spielschulden, – da würde sie sich das Geld sicher verschaffen können. –

Beinah schon dunkel. Nacht, Grabesnacht. Am liebsten möcht' ich tot sein. – Es ist ja gar nicht wahr. Wenn ich jetzt gleich hinunterginge, Dorsday noch vor dem Diner spräche? Ah, wie entsetzlich! – Paul, wenn du mir die dreißigtausend verschaffst, kannst du von mir haben, was du willst. Das ist ja schon wieder aus einem Roman. Die edle Tochter verkauft sich für den geliebten Vater, und hat am End' noch ein Vergnügen davon. Pfui Teufel! Nein, Paul, auch für dreißigtausend kannst du von mir nichts haben. Niemand. Aber für eine Million? – Für ein Palais? Für eine Perlenschnur? Wenn ich einmal heirate, werde ich es wahrscheinlich billiger tun. Ist es denn gar so schlimm? Die Fanny hat sich am Ende auch verkauft. Sie hat mir selber gesagt, daß sie sich vor ihrem Manne graust. Nun, wie wär's, Papa, wenn ich mich heute Abend versteigerte? Um dich vor dem Zuchthaus zu retten. Sensation –! Ich habe Fieber, ganz gewiß. Oder bin ich schon unwohl? Nein, Fieber habe ich. Vielleicht von der Luft. Wie Champagner. – Wenn Fred hier wäre, könnte er mir raten? Ich brauche keinen Rat. Es gibt ja auch nichts zu raten. Ich werde mit Herrn Dorsday aus Eperies sprechen, werde ihn anpumpen, ich die Hochgemute, die Aristokratin, die Marchesa, die Bettlerin, die Tochter des Defraudanten. Wie komm' ich dazu? Wie komm' ich dazu? Keine klettert so gut wie ich, keine hat so viel Schneid, – sporting girl, in England hätte ich auf die Welt kommen sollen, oder als Gräfin.

Da hängen die Kleider im Kasten! Ist das grüne Loden überhaupt schon bezahlt, Mama? Ich glaube nur eine Anzahlung. Das schwarze zieh' ich an. Sie haben mich gestern alle angestarrt. Auch der blasse kleine Herr mit dem goldenen Zwicker. Schön bin ich eigentlich nicht, aber interessant. Zur Bühne hätte ich gehen sollen. Bertha hat schon drei Liebhaber, keiner nimmt es ihr übel ... In Düsseldorf war es der Direktor. Mit einem verheirateten Manne war sie in Hamburg und hat im Atlantic gewohnt, Appartement mit Badezimmer. Ich glaub' gar, sie ist stolz darauf. Dumm sind sie alle. Ich werde hundert Geliebte haben, tausend, warum nicht? Der Ausschnitt ist nicht tief genug; wenn ich verheiratet wäre, dürfte er tiefer sein. – Gut, daß ich Sie treffe, Herr von Dorsday, ich bekomme da eben einen Brief aus Wien ... Den Brief stecke ich für alle Fälle zu mir. Soll ich dem Stubenmädchen läuten? Nein, ich mache mich allein fertig. Zu dem schwarzen Kleid brauche ich niemanden. Wäre ich reich, würde ich nie ohne Kammerjungfer reisen.

Ich muß Licht machen. Kühl wird es. Fenster zu. Vorhang herunter? – Überflüssig. Steht keiner auf dem Berg drüben mit einem Fernrohr. Schade. – Ich bekomme da eben einen Brief, Herr von Dorsday. – Nach dem Dinner wäre es doch vielleicht besser. Man ist in leichterer Stimmung. Auch Dorsday – ich könnt ja ein Glas Wein vorher trinken. Aber wenn die Sache vor dem Diner abgetan wäre, würde mir das Essen besser schmecken. Pudding a la merveille, fromage et fruits divers. Und wenn Herr von Dorsday Nein sagt? – Oder wenn er gar frech wird? Ah nein, mit mir ist noch keiner frech gewesen. Das heißt, der Marineleutnant Brandl, aber es war nicht bös gemeint. – Ich bin wieder etwas schlanker geworden. Das steht mir gut. – Die Dämmerung starrt herein. Wie ein Gespenst starrt sie herein. Wie hundert Gespenster. Aus meiner Wiese herauf steigen die Gespenster. Wie weit ist Wien? Wie lange bin ich schon fort? Wie allein bin ich da! Ich habe keine Freundin, ich habe auch keinen Freund. Wo sind sie alle? Wen werd' ich heiraten? Wer heiratet die Tochter eines Defraudanten? – Eben erhalte ich einen Brief, Herr von Dorsday. – ›Aber es ist doch gar nicht der Rede wert, Fräulein Else, gestern erst habe ich einen Rembrandt verkauft, Sie beschämen mich, Fräulein Else.‹ Und jetzt reißt er ein Blatt aus seinem Scheckbuch und unterschreibt mit seiner goldenen Füllfeder; und morgen früh fahr' ich mit dem Scheck nach Wien. Jedenfalls; auch ohne Scheck. Ich bleibe nicht mehr hier. Ich könnte ja gar nicht, ich dürfte ja gar nicht. Ich lebe hier als elegante junge Dame und Papa steht mit einem Fuß im Grab – nein im Kriminal. Das vorletzte Paar Seidenstrümpfe. Den kleinen Riß grad unterm Knie merkt niemand. Niemand? Wer weiß. Nicht frivol sein, Else. – Bertha ist einfach ein Luder. Aber ist die Christine um ein Haar besser? Ihr künftiger Mann kann sich freuen. Mama war gewiß immer eine treue Gattin. Ich werde nicht treu sein. Ich bin hochgemut, aber ich werde nicht treu sein. Die Filous sind mir gefährlich. Die Marchesa hat gewiß einen Filou zum Liebhaber. Wenn Fred mich wirklich kennte, dann wäre es aus mit seiner Verehrung. – ›Aus Ihnen hätte alles Mögliche werden können, Fräulein, eine Pianistin, eine Buchhälterin, eine Schauspielerin, es stecken so viele Möglichkeiten in Ihnen. Aber es ist Ihnen immer zu gut gegangen.‹ Zu gut gegangen. Haha. Fred überschätzt mich. Ich hab' ja eigentlich zu nichts Talent. – Wer weiß? So weit wie Bertha hätte ich es auch noch gebracht. Aber mir fehlt es an Energie. Junge Dame aus guter Familie. Ha, gute Familie. Der Vater veruntreut Mündelgelder. Warum tust du mir das an, Papa? Wenn du noch etwas davon hättest! Aber an der Börse verspielt! Ist das der Mühe wert? Und die dreißigtausend werden dir auch nichts helfen. Für ein Vierteljahr vielleicht. Endlich wird er doch durchgehen müssen. Vor anderthalb Jahren war es ja fast schon so weit. Da kam noch Hilfe. Aber einmal wird sie nicht kommen – und was geschieht dann mit uns? Rudi wird nach Rotterdam gehen zu Vanderhulst in die Bank. Aber ich? Reiche Partie. O, wenn ich es darauf anlegte! Ich bin heute wirklich schön. Das macht wahrscheinlich die Aufregung. Für wen bin ich schön? Wäre ich froher, wenn Fred hier wäre? Ach Fred ist im Grunde nichts für mich. Kein Filou! Aber ich nähme ihn, wenn er Geld hätte. Und dann käme ein Filou – und das Malheur wäre fertig. – Sie möchten wohl gern ein Filou sein, Herr von Dorsday? – Von weitem sehen Sie manchmal auch so aus. Wie ein verlebter Vicomte, wie ein Don Juan – mit Ihrem blöden Monocle und Ihrem weißen Flanellanzug. Aber ein Filou sind Sie noch lange nicht. – Habe ich alles? Fertig zum ›Dinner‹? – Was tue ich aber eine Stunde lang, wenn ich Dorsday nicht treffe? Wenn er mit der unglücklichen Frau Winawer spazieren geht? Ach, sie ist gar nicht unglücklich, sie braucht keine dreißigtausend Gulden. Also ich werde mich in die Halle setzen, großartig in einen Fauteuil, schau mir die Illustrated News an und die Vie parisienne, schlage die Beine übereinander, – den Riß unter dem Knie wird man nicht sehen. Vielleicht ist gerade ein Milliardär angekommen. – Sie oder keine. – Ich nehme den weißen Schal, der steht mir gut. Ganz ungezwungen lege ich ihn um meine herrlichen Schultern. Für wen habe ich sie denn, die herrlichen Schultern? Ich könnte einen Mann sehr glücklich machen. Wäre nur der rechte Mann da. Aber Kind will ich keines haben. Ich bin nicht mütterlich. Marie Weil ist mütterlich. Mama ist mütterlich, Tante Irene ist mütterlich. Ich habe eine edle Stirn und eine schöne Figur. – ›Wenn ich Sie malen dürfte, wie ich wollte, Fräulein Else.‹ – Ja, das möchte Ihnen passen. Ich weiß nicht einmal seinen Namen mehr. Tizian hat er keineswegs geheißen, also war es eine Frechheit. – Eben erhalte ich einen Brief, Herr von Dorsday. – Noch etwas Puder auf den Nacken und Hals, einen Tropfen Verveine ins Taschentuch, Kasten zusperren, Fenster wieder auf, ah, wie wunderbar! Zum Weinen. Ich bin nervös. Ach, soll man nicht unter solchen Umständen nervös sein. Die Schachtel mit dem Veronal hab' ich bei den Hemden. Auch neue Hemden brauchte ich. Das wird wieder eine Affäre sein. Ach Gott.

Unheimlich, riesig der Cimone, als wenn er auf mich herunterfallen wollte! Noch kein Stern am Himmel. Die Luft ist wie Champagner. Und der Duft von den Wiesen! Ich werde auf dem Land leben. Einen Gutsbesitzer werde ich heiraten und Kinder werde ich haben. Doktor Froriep war vielleicht der Einzige, mit dem ich glücklich geworden wäre. Wie schön waren die beiden Abende hintereinander, der erste bei Kniep, und dann der auf dem Künstlerball. Warum ist er plötzlich verschwunden – wenigstens für mich? Wegen Papa vielleicht? Wahrscheinlich. Ich möchte einen Gruß in die Luft hinausrufen, ehe ich wieder hinuntersteige unter das Gesindel. Aber zu wem soll der Gruß gehen? Ich bin ja ganz allein. Ich bin ja so furchtbar allein, wie es sich niemand vorstellen kann. Sei gegrüßt, mein Geliebter. Wer? Sei gegrüßt, mein Bräutigam! Wer? Sei gegrüßt, mein Freund! Wer? – Fred? – Aber keine Spur. So, das Fenster bleibt offen. Wenn's auch kühl wird. Licht abdrehen. So. – Ja richtig, den Brief. Ich muß ihn zu mir nehmen für alle Fälle. Das Buch aufs Nachtkastel, ich lese heut' Nacht noch weiter in ›Notre Cœur‹, unbedingt, was immer geschieht. Guten Abend, schönstes Fräulein im Spiegel, behalten Sie mich in gutem Angedenken, auf Wiedersehen …

Warum sperre ich die Tür zu? Hier wird nichts gestohlen. Ob Cissy in der Nacht ihre Türe offen läßt? Oder sperrt sie ihm erst auf, wenn er klopft? Ist es denn ganz sicher? Aber natürlich. Dann liegen sie zusammen im Bett. Unappetitlich. Ich werde kein gemeinsames Schlafzimmer haben mit meinem Mann und mit meinen tausend Geliebten. – Leer ist das ganze Stiegenhaus! Immer um diese Zeit. Meine Schritte hallen. Drei Wochen bin ich jetzt da. Am zwölften August bin ich von Gmunden abgereist. Gmunden war langweilig. Woher hat der Papa das Geld gehabt, Mama und mich aufs Land zu schicken? Und Rudi war sogar vier Wochen auf Reisen. Weiß Gott wo. Nicht zweimal hat er geschrieben in der Zeit. Nie werde ich unsere Existenz verstehen. Schmuck hat die Mama freilich keinen mehr. – Warum war Fred nur zwei Tage in Gmunden? Hat sicher auch eine Geliebte! Vorstellen kann ich es mir zwar nicht. Ich kann mir überhaupt gar nichts vorstellen. Acht Tage sind es, daß er mir nicht geschrieben hat. Er schreibt schöne Briefe. – Wer sitzt denn dort an dem kleinen Tisch? Nein, Dorsday ist es nicht. Gott sei Dank. Jetzt vor dem Diner wäre es doch unmöglich, ihm etwas zu sagen. – Warum schaut mich der Portier so merkwürdig an? Hat er am Ende den Expreßbrief von der Mama gelesen? Mir scheint, ich bin verrückt. Ich muß ihm nächstens wieder ein Trinkgeld geben. – Die Blonde da ist auch schon zum Diner angezogen. Wie kann man so dick sein! – Ich werde noch vor's Hotel hinaus und ein bißchen auf und abgehen. Oder ins Musikzimmer? Spielt da nicht wer? Eine Beethovensonate! Wie kann man hier eine Beethovensonate spielen! Ich vernachlässige mein Klavierspiel. In Wien werde ich wieder regelmäßig üben. Überhaupt ein anderes Leben anfangen. Das müssen wir alle. So darf es nicht weitergehen. Ich werde einmal ernsthaft mit Papa sprechen – wenn noch Zeit dazu sein sollte. Es wird, es wird. Warum habe ich es noch nie getan? Alles in unserem Haus wird mit Scherzen erledigt, und keinem ist scherzhaft zu Mut. Jeder hat eigentlich Angst vor dem Andern, jeder ist allein. Die Mama ist allein, weil sie nicht gescheit genug ist und von niemandem was weiß, nicht von mir, nicht von Rudi und nicht vom Papa. Aber sie spürt es nicht und Rudi spürt es auch nicht. Er ist ja ein netter eleganter Kerl, aber mit einundzwanzig hat er mehr versprochen. Es wird gut für ihn sein, wenn er nach Holland geht. Aber wo werde ich hingehen? Ich möchte fortreisen und tun können was ich will. Wenn Papa nach Amerika durchgeht, begleite ich ihn. Ich bin schon ganz konfus … Der Portier wird mich für wahnsinnig halten, wie ich da auf der Lehne sitze und in die Luft starre. Ich werde mir eine Zigarette anzünden. Wo ist meine Zigarettendose?

Oben. Wo nur? Das Veronal habe ich bei der Wäsche. Aber wo habe ich die Dose? Da kommen Cissy und Paul. Ja, sie muß sich endlich umkleiden zum ›Dinner‹, sonst hätten sie noch im Dunkeln weitergespielt. – Sie sehen mich nicht. Was sagt er ihr denn? Warum lacht sie so blitzdumm? Wär' lustig, ihrem Gatten einen anonymen Brief nach Wien zu schreiben. Wäre ich zu so was imstande? Nie. Wer weiß? Jetzt haben sie mich gesehen. Ich nicke ihnen zu. Sie ärgert sich, daß ich so hübsch aussehe. Wie verlegen sie ist.

»*Wie, Else, Sie sind schon fertig zum Diner?*« – Warum sagt sie jetzt Diner und nicht Dinner. Nicht einmal konsequent ist sie. – »Wie Sie sehen, Frau Cissy.« – »*Du siehst wirklich entzückend aus, Else, ich hätte große Lust, dir den Hof zu machen.*« – »Erspar' dir die Mühe, Paul, gib mir lieber eine Zigarette.« – »*Aber mit Wonne.*« – »Dank' schön. Wie ist das Single ausgefallen?« – »*Frau Cissy hat mich dreimal hintereinander geschlagen.*« – »*Er war nämlich zerstreut. Wissen Sie übrigens, Else, daß morgen der Kronprinz von Griechenland hier ankommt?*« – Was kümmert mich der Kronprinz von Griechenland? »So, wirklich?« O Gott, – Dorsday mit Frau Winawer! Sie grüßen. Sie gehen weiter. Ich habe zu höflich zurückgegrüßt. Ja, ganz anders als sonst. O, was bin ich für eine Person. – »*Deine Zigarette brennt ja nicht, Else?*« – »Also, gib mir noch einmal Feuer. Danke.« – »*Ihr Schal ist sehr hübsch, Else, zu dem schwarzen Kleid steht er Ihnen fabelhaft. Übrigens muß ich mich jetzt auch umziehen.*« – Sie soll lieber nicht weggehen, ich habe Angst vor Dorsday. – »*Und für sieben habe ich mir die Friseurin bestellt, sie ist famos. Im Winter ist sie in Mailand. Also adieu, Else, adieu, Paul.*« – »*Küss' die Hand, gnädige Frau.*« »Adieu, Frau Cissy.« – Fort ist sie. Gut, daß Paul wenigstens da bleibt. »*Darf ich mich einen Moment zu dir setzen, Else, oder stör' ich dich in deinen*

Träumen?« – »Warum in meinen Träumen? Vielleicht in meinen Wirklichkeiten.« Das heißt eigentlich gar nichts. Er soll lieber fortgehen. Ich muß ja doch mit Dorsday sprechen. Dort steht er noch immer mit der unglücklichen Frau Winawer, er langweilt sich, ich seh' es ihm an, er möchte zu mir herüberkommen. – »*Gibt es denn solche Wirklichkeiten, in denen du nicht gestört sein willst?*« – Was sagt er da? Er soll zum Teufel gehen. Warum lächle ich ihn so kokett an? Ich mein' ihn ja gar nicht. Dorsday schielt herüber. Wo bin ich? Wo bin ich? »*Was hast du denn heute, Else?*« – »Was soll ich denn haben?« – »*Du bist geheimnisvoll, dämonisch, verführerisch.*« – »Red' keinen Unsinn, Paul.« »*Man könnte geradezu toll werden, wenn man dich ansieht.*« – Was fällt ihm denn ein? Wie redet er denn zu mir? Hübsch ist er. Der Rauch meiner Zigarette verfängt sich in seinen Haaren. Aber ich kann ihn jetzt nicht brauchen. – »*Du siehst so über mich hinweg. Warum denn, Else?*« – Ich antworte gar nichts. Ich kann ihn jetzt nicht brauchen. Ich mache mein unausstehlichstes Gesicht. Nur keine Konversation jetzt. – »*Du bist mit deinen Gedanken ganz wo anders.*« – »Das dürfte stimmen.« Er ist Luft für mich. Merkt Dorsday, daß ich ihn erwarte? Ich sehe nicht hin, aber ich weiß, daß er hersieht. – »*Also, leb' wohl, Else.*« – Gott sei Dank. Er küßt mir die Hand. Das tut er sonst nie. »Adieu, Paul.« Wo hab' ich die schmelzende Stimme her? Er geht, der Schwindler. Wahrscheinlich muß er noch etwas abmachen mit Cissy wegen heute Nacht. Wünsche viel Vergnügen. Ich ziehe den Schal um meine Schulter und stehe auf und geh' vors Hotel hinaus. Wird freilich schon etwas kühl sein. Schad', daß ich meinen Mantel – Ah, ich habe ihn ja heute früh in die Portierloge hineingehängt. Ich fühle den Blick von Dorsday auf meinem Nacken, durch den Schal. Frau Winawer geht jetzt hinauf in ihr Zimmer. Wieso weiß ich denn das? Telepathie.

»Ich bitte Sie, Herr Portier –« »*Fräulein wünschen den Mantel?*« – »Ja, bitte.« – »*Schon etwas kühl die Abende, Fräulein. Das kommt bei uns so plötzlich.*« – »Danke.« Soll ich wirklich vors Hotel? Gewiß, was denn? Jedenfalls zur Türe hin. Jetzt kommt einer nach dem andern. Der Herr mit dem goldenen Zwicker. Der lange Blonde mit der grünen Weste. Alle sehen sie mich an. Hübsch ist diese kleine Genferin. Nein, aus Lausanne ist sie. Es ist eigentlich gar nicht so kühl.

»*Guten Abend, Fräulein Else.*« – Um Gotteswillen, er ist es. Ich sage nichts von Papa. Kein Wort. Erst nach dem Essen. Oder ich reise morgen nach Wien. Ich gehe persönlich zu Doktor Fiala. Warum ist mir das nicht gleich eingefallen? Ich wende mich um mit einem Gesicht, als wüßte ich nicht, wer hinter mir steht. »Ah, Herr von Dorsday.« – »*Sie wollen noch einen Spaziergang machen, Fräulein Else?*« – »Ach, nicht gerade einen Spaziergang, ein bißchen auf und abgehen vor dem Diner.« – »*Es ist fast noch eine Stunde bis dahin.*« – »Wirklich?« Es ist gar nicht so kühl. Blau sind die Berge. Lustig wär's, wenn er plötzlich um meine Hand anhielte. – »*Es gibt doch auf der Welt keinen schöneren Fleck als diesen hier.*« – »Finden Sie, Herr von Dorsday? Aber bitte, sagen Sie nicht, daß die Luft hier wie Champagner ist.« – »*Nein, Fräulein Else, das sage ich erst von zweitausend Metern an. Und hier stehen wir kaum sechzehnhundertfünfzig über dem Meeresspiegel.*« – »Macht das einen solchen Unterschied?« – »*Aber selbstverständlich. Waren Sie schon einmal im Engadin?*« – »Nein, noch nie. Also dort ist die Luft wirklich wie Champagner?« – »*Man könnte es beinah' sagen. Aber Champagner ist nicht mein Lieblingsgetränk. Ich ziehe diese Gegend vor. Schon wegen der wundervollen Wälder.*« – Wie langweilig er ist. Merkt er das nicht? Er weiß offenbar nicht recht, was er mit mir reden soll. Mit einer verheirateten Frau wäre es einfacher. Man sagt eine kleine Unanständigkeit und die Konversation geht weiter. – »*Bleiben Sie noch längere Zeit hier in San Martino, Fräulein Else?*« – Idiotisch. Warum schau' ich ihn so kokett an? Und schon lächelt er in der gewissen Weise. Nein, wie dumm die Männer sind. »Das hängt zum Teil von den Dispositionen meiner Tante ab.« Ist ja gar nicht wahr. Ich kann ja allein nach Wien fahren. »Wahrscheinlich bis zum zehnten.« – »*Die Mama ist wohl noch in Gmunden?*« – »Nein, Herr von Dorsday. Sie ist schon in Wien. Schon seit drei Wochen. Papa ist auch in Wien. Er hat sich heuer kaum acht Tage Urlaub genommen. Ich glaube, der Prozeß Erbesheimer macht ihm sehr viel Arbeit.« – »*Das kann ich mir denken. Aber Ihr Papa ist wohl der Einzige, der Erbesheimer herausreißen kann ... Es bedeutet ja schon einen Erfolg, daß es überhaupt eine Zivilsache geworden ist.*« – Das ist gut, das ist gut. »Es ist mir angenehm zu hören, daß auch Sie ein so günstiges Vorgefühl haben.« – »*Vorgefühl? Inwiefern?*« – »Ja, daß der Papa den Prozeß für Erbesheimer gewinnen wird.« – »*Das will ich nicht einmal mit Bestimmtheit behauptet haben.*« – Wie, weicht er schon zurück? Das soll ihm nicht gelingen. »O, ich halte etwas von Vorgefühlen und von Ahnungen. Denken Sie, Herr von Dorsday, gerade heute habe ich einen Brief von zu Hause bekommen.« Das war nicht sehr geschickt. Er macht ein etwas verblüfftes Gesicht. Nur weiter, nicht schlucken. Er ist ein guter alter Freund von Papa. Vorwärts. Vorwärts. Jetzt oder nie. »Herr von Dorsday, Sie haben eben so lieb von Papa gesprochen, es wäre geradezu häßlich von mir, wenn ich nicht ganz aufrichtig zu Ihnen wäre.« Was macht er denn für Kalbsaugen? O weh, er merkt was. Weiter, weiter. »Nämlich in dem Brief ist auch von Ihnen die Rede, Herr von Dorsday. Es ist nämlich ein Brief von Mama.« – »So.« – »Eigentlich ein sehr traurigen Brief. Sie kennen ja die Verhältnisse in unserem Haus, Herr von Dorsday.« – Um Himmels willen, ich habe ja Tränen in der Stimme. Vorwärts, vorwärts, jetzt gibt es kein Zurück mehr. Gott sei Dank. »Kurz und gut, Herr von Dorsday, wir wären wieder einmal so weit.« – Jetzt möchte er am liebsten verschwinden. »Es handelt sich – um eine Bagatelle. Wirklich nur um eine Bagatelle, Herr von Dorsday. Und doch, wie Mama schreibt, steht alles auf dem Spiel.« Ich rede so blöd' daher wie eine Kuh. – »*Aber beruhigen Sie sich doch, Fräulein Else.*« – Das hat er nett gesagt. Aber meinen Arm brauchte er darum nicht zu berühren. – »*Also, was gibt's denn eigentlich, Fräulein Else? Was steht denn in dem traurigen Brief von Mama!*« – »Herr von Dorsday, der Papa« – Mir zittern die Knie. »Die Mama schreibt mir, daß der Papa« – »*Aber um Gottes willen, Else, was ist Ihnen denn? Wollen Sie nicht lieber – hier ist eine Bank. Darf ich Ihnen den Mantel umgeben? Es ist etwas kühl.*« – »Danke, Herr von Dorsday, o, es ist nichts, gar nichts besonderes.« So, da sitze ich nun plötzlich auf der Bank. Wer ist die Dame, die da vorüber kommt? Kenn' ich gar nicht. Wenn ich nur nicht weiterreden müßte. Wie er mich ansieht! Wie konntest du das von mir verlangen, Papa? Das war nicht recht von dir, Papa. Nun ist es einmal geschehen. Ich hätte bis nach dem Diner warten sollen. – »*Nun, Fräulein Else?*« – Sein Monokel baumelt. Dumm sieht das aus. Soll ich ihm antworten? Ich muß ja. Also geschwind, damit ich es hinter mir habe. Was kann mir denn passieren? Er ist ein Freund von Papa. »Ach Gott, Herr von Dorsday, Sie sind ja ein alter Freund unseres Hauses.« Das habe ich sehr gut gesagt. »Und es wird Sie wahrscheinlich nicht wundern, wenn ich Ihnen erzähle, daß Papa sich wieder einmal in einer recht fatalen Situation befindet.« Wie merkwürdig meine Stimme klingt. Bin das ich, die da redet? Träume ich vielleicht? Ich habe gewiß jetzt auch ein ganz anderes Gesicht als sonst. – »*Es wundert mich allerdings nicht übermäßig. Da haben Sie schon recht, liebes Fräulein Else, – wenn ich es auch lebhaft bedauere.*« – Warum sehe ich denn so flehend zu ihm auf? Lächeln, lächeln. Geht schon. – »*Ich empfinde für Ihren Papa eine so aufrichtige Freundschaft, für Sie alle.*« – Er soll mich nicht ansehen, es ist unanständig. Ich will anders zu ihm reden und nicht lächeln. Ich muß mich würdiger benehmen. »Nun, Herr von Dorsday, jetzt hätten Sie Gelegenheit, Ihre Freundschaft für meinen Vater zu beweisen.« Gott sei Dank, ich habe meine alte Stimme wieder. »Es scheint nämlich, Herr von Dorsday, daß alle unsere Verwandten und Bekannten – die Mehrzahl ist noch nicht in Wien – sonst wäre Mama wohl nicht auf die Idee gekommen. – Neulich habe ich nämlich zufällig in einem Brief an Mama Ihrer Anwesenheit hier in Martino Erwähnung getan – unter anderm natürlich.« »*Ich vermutete gleich, Fräulein Else, daß ich nicht das einzige Thema Ihrer Korrespondenz mit Mama vorstelle.*« – Warum drückt er seine Knie an meine, während er da vor mir steht. Ach, ich lasse es mir gefallen. Was tut's! Wenn man einmal so tief gesunken ist. – »Die Sache verhält sich nämlich so. Doktor Fiala ist es, der diesmal dem Papa besondere Schwierigkeiten zu bereiten scheint.« – »*Ach, Doktor Fiala.*« – Er weiß offenbar auch, was er von diesem Fiala zu halten hat. »Ja, Doktor Fiala. Und die Summe, um die es sich handelt, soll am fünften, das ist übermorgen um zwölf Uhr Mittag, – vielmehr, sie muß in seinen Händen sein, wenn nicht der Baron Höning – ja, denken Sie, der Baron hat Papa zu sich bitten lassen, privat, er liebt ihn nämlich sehr.« Warum red' ich denn von Höning, das wär' ja gar nicht notwendig gewesen. – »*Sie wollen sagen, Else, daß andernfalls eine Verhaftung unausbleiblich wäre?*« – Warum sagt er das so hart? Ich antworte nicht, ich nicke nur.

»Ja.« Nun habe ich doch Ja gesagt. – »*Hm, das ist ja – schlimm, das ist ja wirklich sehr – dieser hochbegabte geniale Mensch. – Und um welchen Betrag handelt es sich denn eigentlich, Fräulein Else?*« – Warum lächelt er denn? Er findet es schlimm und er lächelt. Was meint er mit seinem Lächeln? Daß es gleichgültig ist wieviel? Und wenn er Nein sagt! Ich bring' mich um, wenn er Nein sagt. Also, ich soll die Summe nennen. »Wie, Herr von Dorsday, ich habe noch nicht gesagt, wieviel? Eine Million.« Warum sag' ich das? Es ist doch jetzt nicht der Moment zum Spaßen? Aber wenn ich ihm dann sage, um wieviel weniger es in Wirklichkeit ist, wird er sich freuen. Wie er die Augen aufreißt? Hält er es am Ende wirklich für möglich, daß ihn der Papa um eine Million – »Entschuldigen Sie, Herr von Dorsday, daß ich in diesem Augenblick scherze. Es ist mir wahrhaftig nicht scherzhaft zumute.« – Ja, ja, drück' die Knie nur an, du darfst es dir ja erlauben. »Es handelt sich natürlich nicht um eine Million, es handelt sich im ganzen um dreißigtausend Gulden, Herr von Dorsday, die bis übermorgen Mittag um zwölf Uhr in den Händen des Herrn Doktor Fiala sein müssen. Ja. Mama schreibt mir, daß Papa alle möglichen Versuche gemacht hat, aber wie gesagt, die Verwandten, die in Betracht kämen, befinden sich nicht in Wien.« – O, Gott, wie ich mich erniedrige. – »Sonst wäre es dem Papa natürlich nicht eingefallen, sich an Sie zu wenden, Herr von Dorsday, respektive mich zu bitten –« – Warum schweigt er? Warum bewegt er keine Miene? Warum sagt er nicht Ja? Wo ist das Scheckbuch und die Füllfeder? Er wird doch um Himmels willen nicht Nein sagen? Soll ich mich auf die Knie vor ihm werfen? O Gott! O Gott –

»*Am fünften sagten Sie, Fräulein Else?*« – Gott sei Dank, er spricht. »Jawohl übermorgen, Herr von Dorsday, um zwölf Uhr mittags. Es wäre also nötig – ich glaube, brieflich ließe sich das kaum mehr erledigen.« – »*Natürlich nicht, Fräulein Else, das müßten wir wohl auf telegraphischem Wege*« – ›Wir‹, das ist gut, das ist sehr gut. – »*Nun, das wäre das wenigste. Wieviel sagten Sie, Else?*« – Aber er hat es ja gehört, warum quält er mich denn? »Dreißigtausend, Herr von Dorsday. Eigentlich eine lächerliche Summe.« Warum habe ich das gesagt? Wie dumm. Aber er lächelt. Dummes Mädel, denkt er. Er lächelt ganz liebenswürdig. Papa ist gerettet. Er hätte ihm auch fünfzigtausend geliehen, und wir hätten uns allerlei anschaffen können. Ich hätte mir neue Hemden gekauft. Wie gemein ich bin. So wird man. – »*Nicht ganz so lächerlich, liebes Kind*« – Warum sagt er ›liebes Kind‹? Ist das gut oder schlecht? – »*wie Sie sich das vorstellen. Auch dreißigtausend Gulden wollen verdient sein.*« – »Entschuldigen Sie, Herr von Dorsday, nicht so habe ich es gemeint. Ich dachte nur, wie traurig es ist, daß Papa wegen einer solchen Summe, wegen einer solchen Bagatelle« – Ach Gott, ich verhasple mich ja schon wieder. »Sie können sich gar nicht denken, Herr von Dorsday, – wenn Sie auch einen gewissen Einblick in unsere Verhältnisse haben, wie furchtbar es für mich und besonders für Mama ist« – Er stellt den einen Fuß auf die Bank. Soll das elegant sein – oder was? – »*O, ich kann mir schon denken, liebe Else.*« – Wie seine Stimme klingt, ganz anders, merkwürdig. – »*Und ich habe mir selbst schon manchesmal gedacht: schade, schade um diesen genialen Menschen.*« – Warum sagt er ›schade‹? Will er das Geld nicht hergeben? Nein, er meint es nur im allgemeinen. Warum sagt er nicht endlich Ja? Oder nimmt er das als selbstverständlich an? Wie er mich ansieht! Warum spricht er nicht weiter? Ah, weil die zwei Ungarinnen vorbeigehen. Nun steht er wenigstens wieder anständig da, nicht mehr mit dem Fuß auf der Bank. Die Krawatte ist zu grell für einen älteren Herrn. Sucht ihm die seine Geliebte aus? Nichts besonders Feines ›unter uns‹, schreibt Mama. Dreißigtausend Gulden! Aber ich lächle ihn ja an. Warum lächle ich denn? O, ich bin feig. – »*Und wenn man wenigstens annehmen dürfte, mein liebes Fräulein Else, daß mit dieser Summe wirklich etwas getan wäre? Aber – Sie sind doch ein so kluges Geschöpf, Else, was wären diese dreißigtausend Gulden? Ein Tropfen auf einen heißen Stein.*« – Um Gottes willen, er will das Geld nicht hergeben? Ich darf kein so erschrockenes Gesicht machen. Alles steht auf dem Spiel. Jetzt muß ich etwas Vernünftiges sagen und energisch. »O nein, Herr von Dorsday, diesmal wäre es kein Tropfen auf einen heißen Stein. Der Prozeß Erbesheimer steht bevor, vergessen Sie das nicht, Herr von Dorsday, und der ist schon heute so gut wie gewonnen. Sie hatten ja selbst diese Empfindung, Herr von Dorsday. Und Papa hat auch noch andere Prozesse. Und außerdem habe ich die Absicht, Sie dürfen nicht lachen, Herr von Dorsday, mit Papa zu sprechen, sehr ernsthaft. Er hält etwas auf mich. Ich darf sagen, wenn jemand einen gewissen Einfluß auf ihn zu nehmen imstande ist, so bin es noch am ehesten ich.« – »*Sie sind ja ein rührendes, ein entzückendes Geschöpf, Fräulein Else.*« – Seine Stimme klingt schon wieder. Wie zuwider ist mir das, wenn es so zu klingen anfängt bei den Männern. Auch bei Fred mag ich es nicht. – »*Ein entzückendes Geschöpf in der Tat.*« – Warum sagt er ›in der Tat‹? Das ist abgeschmackt. Das sagt man doch nur im Burgtheater. – »*Aber so gern ich Ihren Optimismus teilen möchte – wenn der Karren einmal so verfahren ist.*« – »Das ist er nicht, Herr von Dorsday. Wenn ich an Papa nicht glauben würde, wenn ich nicht ganz überzeugt wäre, daß diese dreißigtausend Gulden« – Ich weiß nicht, was ich weiter sagen soll. Ich kann ihn doch nicht geradezu anbetteln. Er überlegt. Offenbar. Vielleicht weiß er die Adresse von Fiala nicht? Unsinn. Die Situation ist unmöglich. Ich sitze da wie eine arme Sünderin. Er steht vor mir und bohrt mir das Monokel in die Stirn und schweigt. Ich werde jetzt aufstehen, das ist das beste. Ich lasse mich nicht so behandeln. Papa soll sich umbringen. Ich werde mich auch umbringen. Eine Schande dieses Leben. Am besten wär's, sich dort von dem Felsen hinunterzustürzen und aus wär's. Geschähe euch recht, allen. Ich stehe auf. – »*Fräulein Else*« – »Entschuldigen Sie, Herr von Dorsday, daß ich Sie unter diesen Umständen überhaupt bemüht habe. Ich kann Ihr ablehnendes Verhalten natürlich vollkommen verstehen.« – So, aus, ich gehe. – »*Bleiben Sie, Fräulein Else.*« – Bleiben Sie, sagt er? Warum soll ich bleiben? Er gibt das Geld her. Ja. Ganz bestimmt. Er muß ja. Aber ich setze mich nicht noch einmal nieder. Ich bleibe stehen, als wär' es nur für eine halbe Sekunde. Ich bin ein bißchen größer als er. – »*Sie haben meine Antwort noch nicht abgewartet, Else. Ich war ja schon einmal, verzeihen Sie, Else, daß ich das in diesem Zusammenhang erwähne*« – Er müßte nicht so oft Else sagen – »*in der Lage, dem Papa aus einer Verlegenheit zu helfen. Allerdings mit einer – noch lächerlicheren Summe als diesmal, und schmeichelte mir keineswegs mit der Hoffnung, diesen Betrag jemals wiedersehen zu dürfen, – und so wäre eigentlich kein Grund vorhanden, meine Hilfe diesmal zu verweigern. Und gar wenn ein junges Mädchen wie Sie, Else, wenn Sie selbst als Fürbitterin vor mich hintreten –*« – Worauf will er hinaus? Seine Stimme ›klingt‹ nicht mehr. Oder anders! Wie sieht er mich denn an? Er soll acht geben!! – »*Also, Else, ich bin bereit – Doktor Fiala soll übermorgen um zwölf Uhr mittags die dreißigtausend Gulden haben – unter einer Bedingung*« – Er soll nicht weiterreden, er soll nicht. »Herr von Dorsday, ich, ich persönlich übernehme die Garantie, daß mein Vater diese Summe zurückerstatten wird, sobald er das Honorar von Erbesheimer erhalten hat. Erbesheimers haben bisher überhaupt noch nichts gezahlt. Noch nicht einmal einen Vorschuß – Mama selbst schreibt mir« – »*Lassen Sie doch, Else, man soll niemals eine Garantie für einen anderen Menschen übernehmen, – nicht einmal für sich selbst.*« – Was will er? Seine Stimme klingt schon wieder. Nie hat mich ein Mensch so angeschaut. Ich ahne, wo er hinaus will. Wehe ihm! – »*Hätte ich es vor einer Stunde für möglich gehalten, daß ich in einem solchen Falle überhaupt mir jemals einfallen lassen würde, eine Bedingung zu stellen? Und nun tue ich es doch. Ja, Else, man ist eben nur ein Mann, und es ist nicht meine Schuld, daß Sie so schön sind, Else.*« – Was will er? Was will er –? – »*Vielleicht hätte ich heute oder morgen das Gleiche von Ihnen erbeten, was ich jetzt erbitten will, auch wenn Sie nicht eine Million, pardon – dreißigtausend Gulden von mir gewünscht hätten. Aber freilich, unter anderen Umständen hätten Sie mir wohl kaum Gelegenheit vergönnt, so lange Zeit unter vier Augen mit Ihnen zu reden.*« – »O, ich habe Sie wirklich allzu lange in Anspruch genommen, Herr von Dorsday.« Das habe ich gut gesagt. Fred wäre zufrieden. Was ist das? Er faßt nach meiner Hand? Was fällt ihm denn ein? – »*Wissen Sie es denn nicht schon lange, Else.*« – Er soll meine Hand loslassen! Nun, Gott sei Dank, er läßt sie los. Nicht so nah, nicht so nah. – »*Sie müßten keine Frau sein, Else, wenn Sie es nicht gemerkt hätten. Je vous désire.*« – Er hätte es auch deutsch sagen können, der Herr Vicomte. – »*Muß ich noch mehr sagen?*« – »Sie haben schon zu viel gesagt, Herr Dorsday.« Und ich stehe noch da. Warum denn? Ich gehe, ich gehe ohne Gruß. – »*Else! Else!*« – Nun ist er wieder neben mir. – »*Verzeihen Sie mir, Else. Auch ich habe nur einen Scherz gemacht, geradeso wie Sie vorher mit der Million. Auch meine Forderung stelle ich nicht so hoch – als Sie gefürchtet haben, wie ich leider sagen muß, – so daß die geringere Sie vielleicht angenehm überraschen wird. Bitte, bleiben Sie doch stehen, Else.«* – Ich bleibe wirklich stehen. Warum denn? Da stehen wir uns gegenüber. Hätte ich ihm nicht einfach ins Gesicht schlagen sollen? Wäre nicht noch jetzt Zeit dazu? Die zwei Engländer kommen vorbei. Jetzt wäre der Moment. Gerade darum. Warum tu' ich es denn nicht? Ich bin feig, ich bin zerbrochen, ich bin erniedrigt. Was wird er nun wollen statt der Million? Einen Kuß vielleicht? Darüber ließe sich reden. Eine Million zu dreißigtausend verhält sich wie – – Komische Gleichungen gibt es. – *»Wenn Sie wirklich einmal eine Million brauchen sollten, Else, – ich bin zwar kein reicher Mann, dann wollen wir sehen. Aber für diesmal will ich genügsam sein, wie Sie. Und für diesmal will ich nichts anderes, Else, als – Sie sehen.«* – Ist er verrückt? Er sieht mich doch. – Ah, so meint er das, so! Warum schlage ich ihm nicht ins Gesicht, dem Schuften! Bin ich rot geworden oder blaß? Nackt willst du mich sehen? Das möchte mancher. Ich bin schön, wenn ich nackt bin. Warum schlage ich ihm nicht ins Gesicht? Riesengroß ist sein Gesicht. Warum so nah, du Schuft? Ich will deinen Atem nicht auf meinen Wangen. Warum lasse ich ihn nicht einfach stehen? Bannt mich sein Blick? Wir schauen uns ins Auge wie Todfeinde. Ich möchte ihm Schuft sagen, aber ich kann nicht. Oder will ich nicht? – *»Sie sehen mich an, Else, als wenn ich verrückt wäre. Ich bin es vielleicht ein wenig, denn es geht ein Zauber von Ihnen aus, Else, den Sie selbst wohl nicht ahnen. Sie müssen fühlen, Else, daß meine Bitte keine Beleidigung bedeutet. Ja, ›Bitte‹ sage ich, wenn sie auch einer Erpressung zum Verzweifeln ähnlich sieht. Aber ich bin kein Erpresser, ich bin nur ein Mensch, der mancherlei Erfahrungen gemacht hat, – unter andern die, daß alles auf der Welt seinen Preis hat und daß einer, der sein Geld verschenkt, wenn er in der Lage ist, einen Gegenwert dafür zu* *bekommen, ein ausgemachter Narr ist. Und – was ich mir diesmal kaufen will, Else, so viel es auch ist, Sie werden nicht ärmer dadurch, daß Sie es verkaufen. Und daß es ein Geheimnis bleiben würde zwischen Ihnen und mir, das schwöre ich Ihnen, Else, bei – bei all den Reizen, durch deren Enthüllung Sie mich beglücken würden.«* – Wo hat er so reden gelernt? Es klingt wie aus einem Buch. – »*Und ich schwöre Ihnen auch, daß ich – von der Situation keinen Gebrauch machen werde, der in unserem Vertrag nicht vorgesehen war. Nichts anderes verlange ich von Ihnen, als eine Viertelstunde dastehen dürfen in Andacht vor Ihrer Schönheit. Mein Zimmer liegt im gleichen Stockwerk wie das Ihre, Else, Nummer fünfundsechzig, leicht zu merken. Der schwedische Tennisspieler, von dem Sie heut' sprachen, war doch gerade fünfundsechzig Jahre alt?«* – Er ist verrückt! Warum lasse ich ihn weiterreden? Ich bin gelähmt. – »*Aber wenn es Ihnen aus irgendeinem Grunde nicht paßt, mich auf Zimmer Nummer fünfundsechzig zu besuchen, Else, so schlage ich Ihnen einen kleinen Spaziergang nach dem Diner vor. Es gibt eine Lichtung im Walde, ich habe sie neulich ganz zufällig entdeckt, kaum fünf Minuten weit von unserem Hotel. – Es wird eine wundervolle Sommernacht heute, beinahe warm, und das Sternenlicht wird Sie herrlich kleiden.«* – Wie zu einer Sklavin spricht er. Ich spucke ihm ins Gesicht. – »*Sie sollen mir nicht gleich antworten, Else. Überlegen Sie. Nach dem Diner werden Sie mir gütigst Ihre Entscheidung kundtun.«* – Warum sagt er denn ›kundtun‹. Was für ein blödes Wort: kundtun. – »*Überlegen Sie in aller Ruhe. Sie werden vielleicht spüren, daß es nicht einfach ein Handel ist, den ich Ihnen vorschlage.«* – Was denn, du klingender Schuft! – »*Sie werden möglicherweise ahnen, daß ein Mann zu Ihnen spricht, der ziemlich einsam und nicht besonders glücklich ist und der vielleicht einige Nachsicht verdient.«* – Affektierter Schuft. Spricht wie ein schlechter Schauspieler. Seine gepflegten Finger sehen aus wie Krallen. Nein, nein, ich will nicht. Warum sag' ich es denn nicht. Bring' dich um, Papa! Was will er denn mit meiner Hand? Ganz schlaff ist mein Arm. Er führt meine Hand an seine Lippen. Heiße Lippen. Pfui! Meine Hand ist kalt. Ich hätte Lust, ihm den Hut herunter zu blasen. Ha, wie komisch wär' das. Bald ausgeküßt, du Schuft? – Die Bogenlampen vor dem Hotel brennen schon. Zwei Fenster stehen offen im dritten Stock. Das, wo sich der Vorhang bewegt, ist meines. Oben auf dem Schrank glänzt etwas. Nichts liegt oben, es ist nur der Messingbeschlag. – »*Also auf Wiedersehen, Else.*« – Ich antworte nichts. Regungslos stehe ich da. Er sieht mir ins Auge. Mein Gesicht ist undurchdringlich. Er weiß gar nichts. Er weiß nicht, ob ich kommen werde oder nicht. Ich weiß es auch nicht. Ich weiß nur, daß alles aus ist. Ich bin halbtot. Da geht er. Ein wenig gebückt. Schuft! Er fühlt meinen Blick auf seinem Nacken. Wen grüßt er denn? Zwei Damen. Als wäre er ein Graf, so grüßt er. Paul soll ihn fordern und ihn totschießen. Oder Rudi. Was glaubt er denn eigentlich? Unverschämter Kerl! Nie und nimmer. Es wird dir nichts anderes übrig bleiben, Papa, du mußt dich umbringen. – Die Zwei kommen offenbar von einer Tour. Beide hübsch, er und sie. Haben sie noch Zeit, sich vor dem Diner umzukleiden? Sind gewiß auf der Hochzeitsreise oder vielleicht gar nicht verheiratet. Ich werde nie auf einer Hochzeitsreise sein. Dreißigtausend Gulden. Nein, nein, nein! Gibt es keine dreißigtausend Gulden auf der Welt? Ich fahre zu Fiala. Ich komme noch zurecht. Gnade, Gnade, Herr Doktor Fiala. Mit Vergnügen, mein Fräulein. Bemühen Sie sich in mein Schlafzimmer. – Tu mir doch den Gefallen, Paul, verlange dreißigtausend Gulden von deinem Vater. Sage, du hast Spielschulden, du mußt dich sonst erschießen. Gern, liebe Kusine. Ich habe Zimmer Nummer soundsoviel, um Mitternacht erwarte ich dich. O, Herr von Dorsday, wie bescheiden sind Sie. Vorläufig. Jetzt kleidet er sich um. Smoking. Also entscheiden wir uns. Wiese im Mondenschein oder Zimmer Nummer fünfundsechzig? Wird er mich im Smoking in den Wald begleiten?

Es ist noch Zeit bis zum Diner. Ein bißchen spazierengehen und die Sache in Ruhe überlegen. Ich bin ein einsamer alter Mann, haha. Himmlische Luft, wie Champagner. Gar nicht mehr kühl – dreißigtausend ... dreißigtausend ... Ich muß mich jetzt sehr hübsch ausnehmen in der weiten Landschaft. Schade, daß keine Leute mehr im Freien sind. Dem Herrn dort am Waldesrand gefalle ich offenbar sehr gut. O, mein Herr, nackt bin ich noch viel schöner, und es kostet einen Spottpreis, dreißigtausend Gulden. Vielleicht bringen Sie Ihre Freunde mit, dann kommt es billiger. Hoffentlich haben Sie lauter hübsche Freunde, hübschere und jüngere als Herr von Dorsday? Kennen Sie Herrn von Dorsday? Ein Schuft ist er – ein klingender Schuft ...

Also überlegen, überlegen ... Ein Menschenleben steht auf dem Spiel. Das Leben von Papa. Aber nein, er bringt sich nicht um, er wird sich lieber einsperren lassen. Drei Jahre schwerer Kerker oder fünf. In dieser ewigen Angst lebt er schon fünf oder zehn Jahre ... Mündelgelder ... Und Mama geradeso. Und ich doch auch. – Vor wem werde ich mich das nächste Mal nackt ausziehen müssen? Oder bleiben wir der Einfachheit wegen bei Herrn Dorsday? Seine jetzige Geliebte ist ja nichts Feines ›unter uns gesagt‹. Ich wäre ihm gewiß lieber. Es ist gar nicht so ausgemacht, ob ich viel feiner bin. Tun Sie nicht vornehm, Fräulein Else, ich könnte Geschichten von Ihnen erzählen ... einen gewissen Traum zum Beispiel, den Sie schon dreimal gehabt haben – von dem haben Sie nicht einmal Ihrer Freundin Bertha erzählt. Und die verträgt doch was. Und wie war denn das heuer in Gmunden in der Früh um sechs auf dem Balkon, mein vornehmes Fräulein Else? Haben Sie die zwei jungen Leute im Kahn vielleicht gar nicht bemerkt, die Sie angestarrt haben? Mein Gesicht haben sie vom See aus freilich nicht genau ausnehmen können, aber daß ich im Hemd war, das haben sie schon bemerkt. Und ich hab' mich gefreut. Ah, mehr als gefreut. Ich war wie berauscht. Mit beiden Händen hab' ich mich über die Hüften gestrichen und vor mir selber hab' ich getan, als wüßte ich nicht, daß man mich sieht. Und der Kahn hat sich nicht vom Fleck bewegt. Ja, so bin ich, so bin ich. Ein Luder, ja. Sie spüren es ja alle. Auch Paul spürt es. Natürlich, er ist ja Frauenarzt. Und der Marineleutnant hat es ja auch gespürt und der Maler auch. Nur Fred, der dumme Kerl spürt es nicht. Darum liebt er mich ja. Aber gerade vor ihm möchte ich nicht nackt sein, nie und nimmer. Ich hätte gar keine Freude davon. Ich möchte mich schämen. Aber vor dem Filou mit dem Römerkopf – wie gern. Am allerliebsten vor dem. Und wenn ich gleich nachher sterben müßte. Aber es ist ja nicht notwendig gleich nachher zu sterben. Man überlebt es. Die Bertha hat mehr überlebt. Cissy liegt sicher auch nackt da, wenn Paul zu ihr schleicht durch die Hotelgänge, wie ich heute Nacht zu Herrn von Dorsday schleichen werde.

Nein, nein. Ich will nicht. Zu jedem andern – aber nicht zu ihm. Zu Paul meinetwegen. Oder ich such' mir einen aus heute abend beim Diner. Es ist ja alles egal. Aber ich kann doch nicht jedem sagen, daß ich dreißigtausend Gulden dafür haben will! Da wäre ich ja wie ein Frauenzimmer von der Kärntnerstraße. Nein, ich verkaufe mich nicht. Niemals. Nie werde ich mich verkaufen. Ich schenke mich her. Ja, wenn ich einmal den Rechten finde, schenke ich mich her. Aber ich verkaufe mich nicht. Ein Luder will ich sein, aber nicht eine Dirne. Sie haben sich verrechnet, Herr von Dorsday. Und der Papa auch. Ja, verrechnet hat er sich. Er muß es ja vorher gesehen haben. Er kennt ja die Menschen. Er kennt doch den Herrn von Dorsday. Er hat sich doch denken können, daß der Herr Dorsday nicht für nichts und wieder nichts. – Sonst hätte er doch telegraphieren oder selber herreisen können. Aber so war es bequemer und sicherer, nicht wahr, Papa? Wenn man eine so hübsche Tochter hat, wozu braucht man ins Zuchthaus zu spazieren? Und die Mama, dumm wie sie ist, setzt sich hin und schreibt den Brief. Der Papa hat sich nicht getraut. Da hätte ich es ja gleich merken müssen. Aber es soll Euch nicht glücken. Nein, du hast zu sicher auf meine kindliche Zärtlichkeit spekuliert, Papa, zu sicher darauf gerechnet, daß ich lieber jede Gemeinheit erdulden würde als dich die Folgen deines verbrecherischen Leichtsinns tragen zu lassen. Ein Genie bist du ja. Herr von Dorsday sagt es, alle Leute sagen es. Aber was hilft mir das. Fiala ist eine Null, aber er unterschlägt keine Mündelgelder, sogar Waldheim ist nicht in einem Atem mit dir zu nennen ... Wer hat das nur gesagt? Der Doktor Froriep. Ein Genie ist Ihr Papa. – Und ich hab' ihn erst einmal reden gehört! – Im vorigen Jahr im Schwurgerichtssaal – – zum ersten- und letztenmal! Herrlich! Die Tränen sind mir über die Wangen gelaufen. Und der elende Kerl, den er verteidigt hat, ist freigesprochen worden. Er war vielleicht gar kein so elender Kerl. Er hat jedenfalls nur gestohlen, keine Mündelgelder veruntreut, um Bakkarat zu spielen und auf der Börse zu spekulieren. Und jetzt wird der Papa selber vor den Geschworenen stehen. In allen Zeitungen wird man es lesen. Zweiter Verhandlungstag, dritter Verhandlungstag; der Verteidiger erhob sich zu einer Replik. Wer wird denn sein Verteidiger sein? Kein Genie. Nichts wird ihm helfen. Einstimmig schuldig. Verurteilt auf fünf Jahre. Stein, Sträflingskleid, geschorene Haare. Einmal im Monat darf man ihn besuchen. Ich fahre mit Mama hinaus, dritter Klasse. Wir haben ja kein Geld. Keiner leiht uns was. Kleine Wohnung in der Lerchenfelderstraße, so wie die, wo ich die Nähterin besucht habe vor zehn Jahren. Wir bringen ihm etwas zu essen mit. Woher denn? Wir haben ja selber nichts. Onkel Viktor wird uns eine Rente aussetzen. Dreihundert Gulden monatlich. Rudi wird in Holland sein bei Vanderhulst – wenn man noch auf ihn reflektiert. Die Kinder des Sträflings! Roman von Temme in drei Bänden. Der Papa empfängt uns im gestreiften Sträflingsanzug. Er schaut nicht bös drein, nur traurig. Er kann ja gar nicht bös dreinschauen. – Else, wenn du mir damals das Geld verschafft hättest, das wird er sich denken, aber er wird nichts sagen. Er wird nicht das Herz haben, mir Vorwürfe zu machen. Er ist ja seelengut, nur leichtsinnig ist er. Sein Verhängnis ist die Spielleidenschaft. Er kann ja nichts dafür, es ist eine Art von Wahnsinn. Vielleicht spricht man ihn frei, weil er wahnsinnig ist. Auch den Brief hat er vorher nicht überlegt. Es ist ihm vielleicht gar nicht eingefallen, daß Dorsday die Gelegenheit benützen könnte, und so eine Gemeinheit von mir verlangen wird. Er ist ein guter Freund unseres Hauses, er hat dem Papa schon einmal achttausend Gulden geliehen. Wie soll man so was von einem Menschen denken. Zuerst hat der Papa sicher alles andere versucht. Was muß er durchgemacht haben, ehe er die Mama veranlaßt hat, diesen Brief zu schreiben? Von einem zum andern ist er gelaufen, von Warsdorf zu Burin, von Burin zu Wertheimstein und weiß Gott noch zu wem. Bei Onkel Karl war er gewiß auch. Und alle haben sie ihn im Stich gelassen. Alle die sogenannten Freunde. Und nun ist Dorsday seine Hoffnung, seine letzte Hoffnung. Und wenn das Geld nicht kommt, so bringt er sich um. Natürlich bringt er sich um. Er wird sich doch nicht einsperren lassen. Untersuchungshaft, Verhandlung, Schwurgericht, Kerker, Sträflingsgewand. Nein, nein! Wenn der Haftbefehl kommt, erschießt er sich oder hängt sich auf. Am Fensterkreuz wird er hängen. Man wird herüberschicken vom Haus vis-à-vis, der Schlosser wird aufsperren müssen und ich bin Schuld gewesen. Und jetzt sitzt er zusammen mit Mama im selben Zimmer, wo er übermorgen hängen wird, und raucht eine Havannazigarre. Woher hat er immer noch Havannazigarren? Ich höre ihn sprechen, wie er die Mama beruhigt. Verlaß dich drauf, Dorsday weist das Geld an. Bedenke doch, ich habe ihm heuer im Winter eine große Summe durch meine Intervention gerettet. Und dann kommt der Prozeß Erbesheimer ... – Wahrhaftig. – Ich höre ihn sprechen. Telepathie! Merkwürdig. Auch Fred seh ich in diesem Moment. Er geht mit einem Mädel im Stadtpark am Kursalon vorbei. Sie hat eine hellblaue Bluse und lichte Schuhe und ein bißl heiser ist sie. Das weiß ich alles ganz bestimmt. Wenn ich nach Wien komme, werde ich Fred fragen, ob er am dritten September zwischen halb acht und acht Uhr abends mit seiner Geliebten im Stadtpark war.

Wohin denn noch? Was ist denn mit mir? Beinahe ganz dunkel. Wie schön und ruhig. Weit und breit kein Mensch. Nun sitzen alle schon beim Diner. Telepathie? Nein, das ist noch keine Telepathie. Ich habe ja früher das Tamtam gehört. Wo ist die Else? wird sich Paul denken. Es wird allen auffallen, wenn ich zur Vorspeise noch nicht da bin. Sie werden zu mir heraufschicken. Was ist das mit Else? Sie ist doch sonst so pünktlich? Auch die zwei Herren am Fenster werden denken: Wo ist denn heute das schöne junge Mädel mit dem rötlich blonden Haar? Und Herr von Dorsday wird Angst bekommen. Er ist sicher feig. Beruhigen Sie sich, Herr von Dorsday, es wird Ihnen nichts geschehen. Ich verachte Sie ja so sehr. Wenn ich wollte, morgen abend wären Sie ein toter Mann. – Ich bin überzeugt, Paul würde ihn fordern, wenn ich ihm die Sache erzählte. Ich schenke Ihnen das Leben, Herr von Dorsday.

Wie ungeheuer weit die Wiesen und wie riesig schwarz die Berge. Keine Sterne beinahe. Ja doch, drei, vier, – es werden schon mehr. Und so still der Wald hinter mir. Schön hier auf der Bank am Waldesrand zu sitzen. So fern, so fern das Hotel und so märchenhaft leuchtet es her. Und was für Schufte sitzen drin. Ach nein, Menschen, arme Menschen, sie tun mir alle so leid. Auch die Marchesa tut mir leid, ich weiß nicht warum, und die Frau Winawer und die Bonne von Cissys kleinem Mädel. Sie sitzt nicht an der Table d'hôtes, sie hat schon früher mit Fritzi gegessen. Was ist das nur mit Else, fragt Cissy. Wie, auf ihrem Zimmer ist sie auch nicht? Alle haben sie Angst um mich, ganz gewiß. Nur ich habe keine Angst. Ja, da bin ich in Martino di Castrozza, sitze auf einer Bank am Waldesrand und die Luft ist wie Champagner und mir scheint gar, ich weine. Ja, warum weine ich denn? Es ist doch kein Grund zu weinen. Das sind die Nerven. Ich muß mich beherrschen. Ich darf mich nicht so gehen lassen. Aber das Weinen ist gar nicht unangenehm. Das Weinen tut mir immer wohl. Wie ich unsere alte Französin besucht habe im Krankenhaus, die dann gestorben ist, habe ich auch geweint. Und beim Begräbnis von der Großmama, und wie die Bertha nach Nürnberg gereist ist, und wie das Kleine von der Agathe gestorben ist, und im Theater bei der Kameliendame hab' ich auch geweint. Wer wird weinen, wenn ich tot bin? O, wie schön wäre das tot zu sein. Aufgebahrt liege ich im Salon, die Kerzen brennen. Lange Kerzen. Zwölf lange Kerzen. Unten steht schon der Leichenwagen. Vor dem Haustor stehen Leute. Wie alt war sie denn? Erst neunzehn. Wirklich erst neunzehn? – Denken Sie sich, ihr Papa ist im Zuchthaus. Warum hat sie sich denn umgebracht? Aus unglücklicher

Liebe zu einem Filou. Aber was fällt Ihnen denn ein? Sie hätte ein Kind kriegen sollen. Nein, sie ist vom Cimone heruntergestürzt. Es ist ein Unglücksfall. Guten Tag, Herr Dorsday, Sie erweisen der kleinen Else auch die letzte Ehre? Kleine Else, sagt das alte Weib. – Warum denn? Natürlich, ich muß ihr die letzte Ehre erweisen. Ich habe ihr ja auch die erste Schande erwiesen. O, es war der Mühe wert, Frau Winawer, ich habe noch nie einen so schönen Körper gesehen. Es hat mich nur dreißig Millionen gekostet. Ein Rubens kostet dreimal so viel. Mit Haschisch hat sie sich vergiftet. Sie wollte nur schöne Visionen haben, aber sie hat zu viel genommen und ist nicht mehr aufgewacht. Warum hat er denn ein rotes Monokel der Herr Dorsday? Wem winkt er denn mit dem Taschentuch? Die Mama kommt die Treppe herunter und küßt ihm die Hand. Pfui, pfui. Jetzt flüstern sie miteinander. Ich kann nichts verstehen, weil ich aufgebahrt bin. Der Veilchenkranz um meine Stirn ist von Paul. Die Schleifen fallen bis auf den Boden. Kein Mensch traut sich ins Zimmer. Ich stehe lieber auf und schaue zum Fenster hinaus. Was für ein großer blauer See! Hundert Schiffe mit gelben Segeln –. Die Wellen glitzern. So viel Sonne. Regatta. Die Herren haben alle Ruderleibchen. Die Damen sind im Schwimmkostüm. Das ist unanständig. Sie bilden sich ein, ich bin nackt. Wie dumm sie sind. Ich habe ja schwarze Trauerkleider an, weil ich tot bin. Ich werde es euch beweisen. Ich lege mich gleich wieder auf die Bahre hin. Wo ist sie denn? Fort ist sie. Man hat sie davongetragen. Man hat sie unterschlagen. Darum ist der Papa im Zuchthaus. Und sie haben ihn doch freigesprochen auf drei Jahre. Die Geschworenen sind alle bestochen von Fiala. Ich werde jetzt zu Fuß auf den Friedhof gehen, da erspart die Mama das Begräbnis. Wir müssen uns einschränken. Ich gehe so schnell, daß mir keiner nachkommt. Ah, wie schnell ich gehen kann. Da bleiben sie alle auf den Straßen stehen und wundern sich. Wie darf man jemanden so anschaun, der tot ist! Das ist zudringlich. Ich gehe lieber übers Feld, das ist ganz blau von Vergißmeinnicht und Veilchen. Die Marineoffiziere stehen Spalier. Guten Morgen, meine Herren. Öffnen Sie das Tor, Herr Matador. Erkennen Sie mich nicht? Ich bin ja die Tote ... Sie müssen mir darum nicht die Hand küssen ... Wo ist denn meine Gruft? Hat man die auch unterschlagen? Gott sei Dank, es ist gar nicht der Friedhof. Das ist ja der Park in Mentone. Der Papa wird sich freuen, daß ich nicht begraben bin. Vor den Schlangen habe ich keine Angst. Wenn mich nur keine in den Fuß beißt. O weh.

Was ist denn? Wo bin ich denn? Habe ich geschlafen? Ja. Geschlafen habe ich. Ich muß sogar geträumt haben. Mir ist so kalt in den Füßen. Im rechten Fuß ist mir kalt. Wieso denn? Da ist am Knöchel ein kleiner Riß im Strumpf. Warum sitze ich denn noch im Wald? Es muß ja längst geläutet haben zum Dinner. Dinner.

O Gott, wo war ich denn? So weit war ich fort. Was hab ich denn geträumt? Ich glaube ich war schon tot. Und keine Sorgen habe ich gehabt und mir nicht den Kopf zerbrechen müssen. Dreißigtausend, dreißigtausend ... ich habe sie noch nicht. Ich muß sie mir erst verdienen. Und da sitz' ich allein am Waldesrand. Das Hotel leuchtet bis her. Ich muß zurück. Es ist schrecklich, daß ich zurück muß. Aber es ist keine Zeit mehr zu verlieren. Herr von Dorsday erwartet meine Entscheidung. Entscheidung. Entscheidung! Nein. Nein, Herr von Dorsday, kurz und gut, nein. Sie haben gescherzt, Herr von Dorsday, selbstverständlich. Ja, das werde ich ihm sagen. O, das ist ausgezeichnet. Ihr Scherz war nicht sehr vornehm, Herr von Dorsday, aber ich will Ihnen verzeihen. Ich telegraphiere morgen früh an Papa, Herr von Dorsday, daß das Geld pünktlich in Doktor Fialas Händen sein wird. Wunderbar. Das sage ich ihm. Da bleibt ihm nichts übrig, er muß das Geld abschicken. Muß? Muß er? Warum muß er denn? Und wenn er's täte, so würde er sich dann rächen irgendwie. Er würde es so einrichten, daß das Geld zu spät kommt. Oder er würde das Geld schicken und dann überall erzählen, daß er mich gehabt hat. Aber er schickt ja das Geld gar nicht ab. Nein, Fräulein Else, so haben wir nicht gewettet. Telegraphieren Sie dem Papa, was Ihnen beliebt, ich schicke das Geld nicht ab. Sie sollen nicht glauben, Fräulein Else, daß ich mich von so einem kleinen Mädel übertölpeln lasse, ich, der Vicomte von Eperies.

Ich muß vorsichtig gehen. Der Weg ist ganz dunkel. Sonderbar, es ist mir wohler als vorher. Es hat sich doch gar nichts geändert und mir ist wohler. Was habe ich denn nur geträumt? Von einem Matador? Was war denn das für ein Matador? Es ist doch weiter zum Hotel, als ich gedacht habe. Sie sitzen gewiß noch alle beim Diner. Ich werde mich ruhig an den Tisch setzen und sagen, daß ich Migräne gehabt habe und lasse mir nachservieren. Herr von Dorsday wird am Ende selbst zu mir kommen und mir sagen, daß das Ganze nur ein Scherz war. Entschuldigen Sie, Fräulein Else, entschuldigen Sie den schlechten Spaß, ich habe schon an meine Bank telegraphiert. Aber er wird es nicht sagen. Er hat nicht telegraphiert. Es ist alles noch genau so wie früher. Er wartet. Herr von Dorsday wartet. Nein, ich will ihn nicht sehen. Ich kann ihn nicht mehr sehen. Ich will niemanden mehr sehen. Ich will nicht mehr ins Hotel, ich will nicht mehr nach Hause, ich will nicht nach Wien, zu niemandem will ich, zu keinem Menschen, nicht zu Papa und nicht zu Mama, nicht zu Rudi und nicht zu Fred, nicht zu Berta und nicht zu Tante Irene. Die ist noch die beste, die würde alles verstehen. Aber ich habe nichts mehr mit ihr zu tun und mit niemandem mehr. Wenn ich zaubern könnte, wäre ich ganz wo anders in der Welt. Auf irgendeinem herrlichen Schiff im Mittelländischen Meer, aber nicht allein. Mit Paul zum Beispiel. Ja, das könnte ich mir ganz gut vorstellen. Oder ich wohnte in einer Villa am Meer, und wir lägen auf den Marmorstufen, die ins Wasser führen, und er hielte mich fest in seinen Armen und bisse mich in die Lippen, wie es Albert vor zwei Jahren getan hat beim Klavier, der unverschämte Kerl. Nein. Allein möchte ich am Meer liegen auf den Marmorstufen und warten. Und endlich käme Einer oder mehrere, und ich hätte die Wahl und die Andern, die ich verschmähe, die stürzen sich aus Verzweiflung alle ins Meer. Oder sie müßten Geduld haben bis zum nächsten Tag. Ach, was wäre das für ein köstliches Leben. Wozu habe ich denn meine herrlichen Schultern und meine schönen schlanken Beine? Und wozu bin ich denn überhaupt auf der Welt? Und es geschähe ihnen ganz recht, ihnen allen, sie haben mich ja doch nur daraufhin erzogen, daß ich mich verkaufe, so oder so. Vom Theaterspielen haben sie nichts wissen wollen. Da haben sie mich ausgelacht. Und es wäre ihnen ganz recht gewesen im vorigen Jahr, wenn ich den Direktor Wilomitzer geheiratet hätte, der bald fünfzig ist. Nur daß sie mir nicht zugeredet haben. Da hat sich der Papa doch geniert. Aber die Mama hat ganz deutliche Anspielungen gemacht.

Wie riesig es dasteht das Hotel, wie eine ungeheuere beleuchtete Zauberburg. Alles ist so riesig. Die Berge auch. Man könnte sich fürchten. Noch nie waren sie so schwarz. Der Mond ist noch nicht da. Der geht erst zur Vorstellung auf, zur großen Vorstellung auf der Wiese, wenn der Herr von Dorsday seine Sklavin nackt tanzen läßt. Was geht mich denn der Herr Dorsday an? Nun, Mademoiselle Else, was machen Sie denn für Geschichten? Sie waren doch schon bereit auf und davon zu gehen, die Geliebte von fremden Männern zu werden, von einem nach dem andern. Und auf die Kleinigkeit, die Herr von Dorsday von Ihnen verlangt, kommt es Ihnen an? Für einen Perlenschmuck, für schöne Kleider, für eine Villa am Meer sind Sie bereit sich zu verkaufen? Und das Leben Ihres Vaters ist Ihnen nicht so viel wert? Es wäre gerade der richtige Anfang. Es wäre dann gleich die Rechtfertigung für alles andere. Ihr wart es, könnt ich sagen, Ihr habt mich dazu gemacht, Ihr alle seid schuld, daß ich so geworden bin, nicht nur Papa und Mama. Auch der Rudi ist schuld und der Fred und alle, alle, weil sich ja niemand um einen kümmert. Ein bißchen Zärtlichkeit, wenn man hübsch aussieht, und ein bißl Besorgtheit, wenn man Fieber hat, und in die Schule schicken sie einen, und zu Hause lernt man Klavier und Französisch, und im Sommer geht man auf's Land und zum Geburtstag kriegt man Geschenke und bei Tisch reden sie über allerlei. Aber was in mir vorgeht und was in mir wühlt und Angst hat, habt ihr euch darum je gekümmert? Manchmal im Blick von Papa war eine Ahnung davon, aber ganz flüchtig. Und dann war gleich wieder der Beruf da, und die Sorgen und das Börsenspiel – und wahrscheinlich irgendein Frauenzimmer ganz im geheimen, ›nichts sehr Feines unter uns‹, – und ich war wieder allein. Nun, was tätst du Papa, was tätst du heute, wenn ich nicht da wäre?

Da stehe ich, ja da stehe ich vor dem Hotel. – Furchtbar da hineingehen zu müssen, alle die Leute sehen, den Herrn von Dorsday, die Tante, Cissy. Wie schön war das früher auf der Bank am Waldesrand, wie ich schon tot war. Matador – wenn ich nur drauf käm', was – eine Regatta war es, richtig und ich habe vom Fenster aus zugesehen. Aber wer war der Matador? – Wenn ich nur nicht so müd wäre, so furchtbar müde. Und da soll ich bis Mitternacht aufbleiben und mich dann ins Zimmer von Herrn von Dorsday schleichen? Vielleicht begegne ich der Cissy auf dem Gang. Hat sie was an unter dem Schlafrock, wenn sie zu ihm kommt? Es ist schwer, wenn man in solchen Dingen nicht geübt ist. Soll ich sie nicht um Rat fragen, die Cissy? Natürlich würde ich nicht sagen, daß es sich um Dorsday handelt, sondern sie müßte sich denken, ich habe ein nächtliches Rendezvous mit einem von den hübschen jungen Leuten hier im Hotel. Zum Beispiel mit dem langen blonden Menschen, der die leuchtenden Augen hat. Aber der ist ja nicht mehr da. Plötzlich war er verschwunden. Ich habe doch gar nicht an ihn gedacht bis zu diesem Augenblick. Aber es ist leider nicht der lange blonde Mensch mit den leuchtenden Augen, auch der Paul ist es nicht, es ist der Herr von Dorsday. Also wie mach' ich es denn? Was sage ich ihm? Einfach Ja? Ich kann doch nicht zu Herrn Dorsday ins Zimmer kommen. Er hat sicher lauter elegante Flakons auf dem Waschtisch, und das Zimmer riecht nach französischem Parfüm. Nein, nicht um die Welt zu ihm. Lieber im Freien. Da geht er mich nichts an. Der Himmel ist so hoch und die Wiese ist so groß. Ich muß gar nicht an den Herrn Dorsday denken. Ich muß ihn nicht einmal anschauen. Und wenn er es wagen würde, mich anzurühren, einen Tritt bekäme er mit meinen nackten Füßen. Ach, wenn es doch ein anderer wäre, irgendein anderer. Alles, alles könnte er von mir haben heute Nacht, jeder andere, nur Dorsday nicht. Und gerade der! Gerade der! Wie seine Augen stechen und bohren werden. Mit dem Monokel wird er dastehen und grinsen. Aber nein, er wird nicht grinsen. Er wird ein vornehmes Gesicht schneiden. Elegant. Er ist ja solche Dinge gewohnt. Wie viele hat er schon so gesehen? Hundert oder tausend? Aber war schon eine darunter wie ich? Nein, gewiß nicht. Ich werde ihm sagen, daß er nicht der Erste ist, der mich so sieht. Ich werde ihm sagen, daß ich einen Geliebten habe. Aber erst, wenn die dreißigtausend Gulden an Fiala abgesandt sind. Dann werde ich ihm sagen, daß er ein Narr war, daß er mich auch hätte haben können um dasselbe Geld. – Daß ich schon zehn Liebhaber gehabt habe, zwanzig, hundert. – Aber das wird er mir ja alles nicht glauben. – Und wenn er es mir glaubt, was hilft es mir? – Wenn ich ihm nur irgendwie die Freude verderben könnte. Wenn noch einer dabei wäre? Warum nicht? Er hat ja nicht gesagt, daß er mit mir allein sein muß. Ach, Herr von Dorsday, ich habe solche Angst vor Ihnen. Wollen Sie mir nicht freundlichst gestatten, einen guten Bekannten mitzubringen? O, das ist keineswegs gegen die Abrede, Herr von Dorsday. Wenn es mir beliebte, dürfte ich das ganze Hotel dazu einladen, und Sie wären trotzdem verpflichtet, die dreißigtausend Gulden abzuschicken. Aber ich begnüge mich damit, meinen Vetter Paul mitzubringen. Oder ziehen Sie etwa einen andern vor? Der lange blonde Mensch ist leider nicht mehr da und der Filou mit dem Römerkopf leider auch nicht. Aber ich find' schon noch wen andern. Sie fürchten Indiskretion? Darauf kommt es ja nicht an. Ich lege keinen Wert auf Diskretion. Wenn man einmal so weit ist wie ich, dann ist alles ganz egal. Das ist heute ja nur der Anfang. Oder denken Sie, aus diesem Abenteuer fahre ich wieder nach Hause als anständiges Mädchen aus guter Familie? Nein, weder gute Familie noch anständiges junges Mädchen. Das wäre erledigt. Ich stelle mich jetzt auf meine eigenen Beine. Ich habe schöne Beine, Herr von Dorsday, wie Sie und die übrigen Teilnehmer des Festes bald zu bemerken Gelegenheit haben werden. Also die Sache ist in Ordnung, Herr von Dorsday. Um zehn Uhr, während alles noch in der Halle sitzt, wandern wir im Mondenschein über die Wiese, durch den Wald nach Ihrer berühmten selbstentdeckten Lichtung. Das Telegramm an die Bank bringen Sie für alle Fälle gleich mit. Denn eine Sicherheit darf ich doch wohl verlangen von einem solchen Spitzbuben wie Sie. Und um

Mitternacht können Sie wieder nach Hause gehen, und ich bleibe mit meinem Vetter oder sonst wem auf der Wiese im Mondenschein. Sie haben doch nichts dagegen, Herr von Dorsday? Das dürfen Sie gar nicht. Und wenn ich morgen früh zufällig tot sein sollte, so wundern Sie sich weiter nicht. Dann wird eben Paul das Telegramm aufgeben. Dafür wird schon gesorgt sein. Aber bilden Sie sich dann um Gottes willen nicht ein, daß Sie, elender Kerl, mich in den Tod getrieben haben. Ich weiß ja schon lange, daß es so mit mir enden wird. Fragen Sie doch nur meinen Freund Fred, ob ich es ihm nicht schon öfters gesagt habe. Fred, das ist nämlich Herr Friedrich Wenkheim, nebstbei der einzige anständige Mensch, den ich in meinem Leben kennengelernt habe. Der einzige, den ich geliebt hätte, wenn er nicht ein gar so anständiger Mensch wäre. Ja, ein so verworfenes Geschöpf bin ich. Bin nicht geschaffen für eine bürgerliche Existenz, und Talent habe ich auch keines. Für unsere Familie wäre es sowieso das Beste, sie stürbe aus. Mit dem Rudi wird auch schon irgendein Malheur geschehen. Der wird sich in Schulden stürzen für eine holländische Chansonette und bei Vanderhulst defraudieren. Das ist schon so in unserer Familie. Und der jüngste Bruder von meinem Vater, der hat sich erschossen, wie er fünfzehn Jahre alt war. Kein Mensch weiß warum. Ich habe ihn nicht gekannt. Lassen Sie sich die Photographie zeigen, Herr von Dorsday. Wir haben sie in einem Album … Ich soll ihm ähnlich sehen. Kein Mensch weiß, warum er sich umgebracht hat. Und von mir wird es auch keiner wissen. Ihretwegen keinesfalls, Herr von Dorsday. Die Ehre tue ich Ihnen nicht an. Ob mit neunzehn oder einundzwanzig, das ist doch egal. Oder soll ich Bonne werden oder Telephonistin oder einen Herrn Wilomitzer heiraten oder mich von Ihnen aushalten lassen? Es ist alles gleich ekelhaft, und ich komme überhaupt gar nicht mit Ihnen auf die Wiese. Nein, das ist alles viel zu anstrengend und zu dumm und zu widerwärtig. Wenn ich tot bin, werden Sie schon die Güte haben und die paar tausend Gulden für den Papa absenden, denn es wäre doch zu traurig, wenn er gerade an dem Tage verhaftet würde, an dem man meine Leiche nach Wien bringt. Aber ich werde einen Brief hinterlassen mit testamentarischer Verfügung: Herr von Dorsday hat das Recht, meinen Leichnam zu sehen. Meinen schönen nackten Mädchenleichnam. So können Sie sich nicht beklagen, Herr von Dorsday, daß ich Sie übers Ohr gehaut habe. Sie haben doch was für Ihr Geld. Daß ich noch lebendig sein muß, das steht nicht in unserem Kontrakt. O nein. Das steht nirgends geschrieben. Also den Anblick meines Leichnams vermache ich dem Kunsthändler Dorsday, und Herrn Fred Wenkheim vermache ich mein Tagebuch aus meinem siebzehnten Lebensjahr – weiter habe ich nicht geschrieben – und dem Fräulein bei Cissy vermache ich die fünf Zwanzigfranks-Stücke, die ich vor Jahren aus der Schweiz mitgebracht habe. Sie liegen im Schreibtisch neben den Briefen. Und Bertha vermache ich das schwarze Abendkleid. Und Agathe meine Bücher. Und meinem Vetter Paul, dem vermache ich einen Kuß auf meine blassen Lippen. Und der Cissy vermache ich mein Rakett, weil ich edel bin. Und man soll mich gleich hier begraben in San Martino di Castrozza auf dem schönen kleinen Friedhof. Ich will nicht mehr zurück nach Hause. Auch als Tote will ich nicht mehr zurück. Und Papa und Mama sollen sich nicht kränken, mir geht es besser als ihnen. Und ich verzeihe ihnen. Es ist nicht schade um mich. – Haha, was für ein komisches Testament. Ich bin wirklich gerührt. Wenn ich denke, daß ich morgen um die Zeit, während die andern beim Diner sitzen, schon tot bin? – Die Tante Emma wird natürlich nicht zum Diner herunterkommen und Paul auch nicht. Sie werden sich auf dem

Zimmer servieren lassen. Neugierig bin ich, wie sich Cissy benehmen wird. Nur werde ich es leider nicht erfahren. Gar nichts mehr werde ich erfahren. Oder vielleicht weiß man noch alles, so lange man nicht begraben ist? Und am Ende bin ich nur scheintot. Und wenn der Herr von Dorsday an meinen Leichnam tritt, so erwache ich und schlage die Augen auf, da läßt er vor Schreck das Monokel fallen.

Aber es ist ja leider alles nicht wahr. Ich werde nicht scheintot sein und tot auch nicht. Ich werde mich überhaupt gar nicht umbringen, ich bin ja viel zu feig. Wenn ich auch eine couragierte Kletterin bin, feig bin ich doch. Und vielleicht habe ich nicht einmal genug Veronal. Wieviel Pulver braucht man denn? Sechs glaube ich. Aber zehn ist sicherer. Ich glaube, es sind noch zehn. Ja, das werden genug sein.

Zum wievielten Mal lauf' ich jetzt eigentlich um das Hotel herum? Also was jetzt? Da steh' ich vor dem Tor. In der Halle ist noch niemand. Natürlich – sie sitzen ja noch alle beim Diner. Seltsam sieht die Halle aus so ganz ohne Menschen. Auf dem Sessel dort liegt ein Hut, ein Touristenhut, ganz fesch. Hübscher Gemsbart. Dort im Fauteuil sitzt ein alter Herr. Hat wahrscheinlich keinen Appetit mehr. Liest Zeitung. Dem geht's gut. Er hat keine Sorgen. Er liest ruhig Zeitung, und ich muß mir den Kopf zerbrechen, wie ich dem Papa dreißigtausend Gulden verschaffen soll. Aber nein. Ich weiß ja wie. Es ist ja so furchtbar einfach. Was will ich denn? Was will ich denn? Was tu' ich denn da in der Halle? Gleich werden sie alle kommen vom Diner. Was soll ich denn tun? Herr von Dorsday sitzt gewiß auf Nadeln. Wo bleibt sie, denkt er sich. Hat sie sich am Ende umgebracht? Oder engagiert sie jemanden, daß er mich umbringt? Oder hetzt sie ihren Vetter Paul auf mich? Haben Sie keine Angst, Herr von Dorsday, ich bin keine so gefährliche Person. Ein kleines Luder bin ich, weiter nichts. Für die Angst, die Sie ausgestanden haben, sollen Sie auch Ihren Lohn haben. Zwölf Uhr, Zimmer Nummer fünfundsechzig. Im Freien wäre es mir doch zu kühl. Und von Ihnen aus, Herr von Dorsday, begebe ich mich direkt zu meinem Vetter Paul. Sie haben doch nichts dagegen, Herr von Dorsday?

»*Else! Else!*«

Wie? Was? Das ist ja Pauls Stimme. Das Diner schon aus? – »*Else!*« – »Ach, Paul, was gibt's denn, Paul?« – Ich stell' mich ganz unschuldig. – »*Ja, wo steckst du denn, Else?*« – »Wo soll ich denn stecken? Ich bin spazieren gegangen.« – »*Jetzt, während des Diners?*« – »Na, wann denn? Es ist doch die schönste Zeit dazu.« Ich red' Blödsinn. – »*Die Mama hat sich schon alles Mögliche eingebildet. Ich war an deiner Zimmertür, hab' geklopft.*« – »Hab' nichts gehört.« – »*Aber im Ernst, Else, wie kannst du uns in eine solche Unruhe versetzen! Du hättest Mama doch wenigstens verständigen können, daß du nicht zum Diner kommst.*« – »Du hast ja Recht, Paul, aber wenn du eine Ahnung hättest, was ich für Kopfschmerzen gehabt habe.« Ganz schmelzend red' ich. O, ich Luder. – »*Ist dir jetzt wenigstens besser?*« – »Könnt' ich eigentlich nicht sagen.« – »*Ich will vor allem der Mama*« – »Halt Paul, noch nicht. Entschuldige mich bei der Tante, ich will nur für ein paar Minuten auf mein Zimmer, mich ein bißl herrichten. Dann komme ich gleich herunter und werde mir eine Kleinigkeit nachservieren lassen.« – »*Du bist so blaß, Else? – Soll ich dir die Mama hinaufschicken?*« – »Aber mach' doch keine solchen Geschichten mit mir, Paul, und schau' mich nicht so an. Hast du noch nie ein weibliches Wesen mit Kopfschmerzen gesehen? Ich komme bestimmt noch herunter. In zehn Minuten spätestens. Grüß dich Gott, Paul.« – »*Also auf Wiedersehen, Else.*« – Gott sei Dank, daß er geht. Dummer Bub', aber lieb. Was will denn der Portier von mir? Wie, ein

Telegramm? »Danke. Wann ist denn die Depesche gekommen, Herr Portier?« – »*Vor einer Viertelstunde, Fräulein.*« – Warum schaut er mich denn so an, so – bedauernd. Um Himmels willen, was wird denn da drin stehn? Ich mach' sie erst oben auf, sonst fall' ich vielleicht in Ohnmacht. Am Ende hat sich der Papa – Wenn der Papa tot ist, dann ist ja alles in Ordnung, dann muß ich nicht mehr mit Herrn von Dorsday auf die Wiese gehn ... O, ich elende Person. Lieber Gott, mach', daß in der Depesche nichts Böses steht. Lieber Gott, mach', daß der Papa lebt. Verhaftet meinetwegen, nur nicht tot. Wenn nichts Böses drin steht, dann will ich ein Opfer bringen. Ich werde Bonne, ich nehme eine Stellung in einem Bureau an. Sei nicht tot, Papa. Ich bin ja bereit. Ich tue ja alles, was du willst ...

Gott sei Dank, daß ich oben bin. Licht gemacht, Licht gemacht. Kühl ist es geworden. Das Fenster war zu lange offen. Courage, Courage. Ha, vielleicht steht drin, daß die Sache geordnet ist. Vielleicht hat der Onkel Bernhard das Geld hergegeben und sie telegraphieren mir: Nicht mit Dorsday reden. Ich werde es ja gleich sehen. Aber wenn ich auf den Plafond schaue, kann ich natürlich nicht lesen, was in der Depesche steht. Trala, trala, Courage. Es muß ja sein. ›Wiederhole flehentliche Bitte mit Dorsday reden. Summe nicht dreißig, sondern fünfzig. Sonst alles vergeblich. Adresse bleibt Fiala.‹ – Sondern fünfzig. Sonst alles vergeblich. Trala, trala. Fünfzig. Adresse bleibt Fiala. Aber gewiß, ob fünfzig oder dreißig, darauf kommt es ja nicht an. Auch dem Herrn von Dorsday nicht. Das Veronal liegt unter der Wäsche, für alle Fälle. Warum habe ich nicht gleich gesagt: fünfzig. Ich habe doch daran gedacht! Sonst alles vergeblich. Also hinunter, geschwind, nicht da auf dem Bett sitzen bleiben. Ein kleiner Irrtum, Herr von Dorsday, verzeihen Sie. Nicht dreißig, sondern fünfzig, sonst alles vergeblich. Adresse bleibt

Fiala. – ›Sie halten mich wohl für einen Narren, Fräulein Else?‹ Keineswegs, Herr Vicomte, wie sollte ich. Für fünfzig müßte ich jedesfalls entsprechend mehr fordern, Fräulein. Sonst alles vergeblich, Adresse bleibt Fiala. Wie Sie wünschen, Herr von Dorsday. Bitte, befehlen Sie nur. Vor allem aber, schreiben Sie die Depesche an Ihr Bankhaus, natürlich, sonst habe ich ja keine Sicherheit. –

Ja, so mach' ich es. Ich komme zu ihm ins Zimmer und erst, wenn er vor meinen Augen die Depesche geschrieben – ziehe ich mich aus. Und die Depesche behalte ich in der Hand. Ha, wie unappetitlich. Und wo soll ich denn meine Kleider hinlegen? Nein, nein, ich ziehe mich schon hier aus und nehme den großen schwarzen Mantel um, der mich ganz einhüllt. So ist es am bequemsten. Für beide Teile. Adresse bleibt Fiala. Mir klappern die Zähne. Das Fenster ist noch offen. Zugemacht. Im Freien? Den Tod hätte ich davon haben können. Schuft! Fünfzigtausend. Er kann nicht Nein sagen. Zimmer fünfundsechzig. Aber vorher sag' ich Paul, er soll in seinem Zimmer auf mich warten. Von Dorsday geh' ich direkt zu Paul und erzähle ihm alles. Und dann soll Paul ihn ohrfeigen. Ja, noch heute Nacht. Ein reichhaltiges Programm. Und dann kommt das Veronal. Nein, wozu denn? Warum denn sterben? Keine Spur. Lustig, lustig, jetzt fängt ja das Leben erst an. Ihr sollt Euere Freude haben. Ihr sollt stolz werden auf Euer Töchterlein. Ein Luder will ich werden, wie es die Welt noch nicht gesehen hat. Adresse bleibt Fiala. Du sollst deine fünfzigtausend Gulden haben, Papa. Aber die nächsten, die ich mir verdiene, um die kaufe ich mir neue Nachthemden mit Spitzen besetzt, ganz durchsichtig und köstliche Seidenstrümpfe. Man lebt nur einmal. Wozu schaut man denn so aus wie ich. Licht gemacht, – die Lampe über dem Spiegel schalt' ich ein. Wie schön meine blondroten Haare sind, und meine Schultern;

meine Augen sind auch nicht übel. Hu, wie groß sie sind. Es wär' schad' um mich. Zum Veronal ist immer noch Zeit. – Aber ich muß ja hinunter. Tief hinunter. Herr Dorsday wartet, und er weiß noch nicht einmal, daß es indes fünfzigtausend geworden sind. Ja, ich bin im Preis gestiegen, Herr von Dorsday. Ich muß ihm das Telegramm zeigen, sonst glaubt er mir am Ende nicht und denkt, ich will ein Geschäft bei der Sache machen. Ich werde die Depesche auf sein Zimmer schicken und etwas dazu schreiben. Zu meinem lebhaften Bedauern sind es nun fünfzigtausend geworden, Herr von Dorsday, das kann Ihnen ja ganz egal sein. Und ich bin überzeugt, Ihre Gegenforderung war gar nicht ernst gemeint. Denn Sie sind ein Vicomte und ein Gentleman. Morgen früh werden Sie die fünfzigtausend, an denen das Leben meines Vaters hängt, ohne weiters an Fiala senden. Ich rechne darauf. – ›Selbstverständlich, mein Fräulein, ich sende für alle Fälle gleich hunderttausend, ohne jede Gegenleistung und verpflichte mich überdies, von heute an für den Lebensunterhalt Ihrer ganzen Familie zu sorgen, die Börsenschulden Ihres Herrn Papas zu zahlen und sämtliche veruntreute Mündelgelder zu ersetzen.‹ Adresse bleibt Fiala. Hahaha! Ja, genau so ist der Vicomte von Eperies. Das ist ja alles Unsinn. Was bleibt mir denn übrig? Es muß ja sein, ich muß es ja tun, alles muß ich tun, was Herr von Dorsday verlangt, damit der Papa morgen das Geld hat, – damit er nicht eingesperrt wird, damit er sich nicht umbringt. Und ich werde es auch tun. Ja, ich werde es tun, obzwar doch alles für die Katz' ist. In einem halben Jahr sind wir wieder gerade so weit wie heute! In vier Wochen! – Aber dann geht es mich nichts mehr an. Das eine Opfer bringe ich – und dann keines mehr. Nie, nie, niemals wieder. Ja, das sage ich dem Papa, sobald ich nach Wien komme. Und dann fort aus dem Haus, wo immer hin. Ich werde mich mit Fred beraten. Er ist der einzige, der mich wirklich gern hat. Aber so weit bin ich ja noch nicht. Ich bin nicht in Wien, ich bin noch in Martino di Castrozza. Noch nichts ist geschehen. Also wie, wie, was? Da ist das Telegramm. Was tue ich denn mit dem Telegramm? Ich habe es ja schon gewußt. Ich muß es ihm auf sein Zimmer schicken. Aber was sonst? Ich muß ihm etwas dazu schreiben. Nun ja, was soll ich ihm schreiben? Erwarten Sie mich um zwölf. Nein, nein, nein! Den Triumph soll er nicht haben. Ich will nicht, will nicht, will nicht. Gott sei Dank, daß ich die Pulver da habe. Das ist die einzige Rettung. Wo sind sie denn? Um Gottes willen, man wird sie mir doch nicht gestohlen haben. Aber nein, da sind sie ja. Da in der Schachtel. Sind sie noch alle da? Ja, da sind sie. Eins, zwei, drei, vier, fünf, sechs. Ich will sie ja nur ansehen, die lieben Pulver. Es verpflichtet ja zu nichts. Auch daß ich sie ins Glas schütte, verpflichtet ja zu nichts. Eins, zwei, – aber ich bringe mich ja sicher nicht um. Fällt mir gar nicht ein. Drei, vier, fünf – davon stirbt man auch noch lange nicht. Es wäre schrecklich, wenn ich das Veronal nicht mit hätte. Da müßte ich mich zum Fenster hinunterstürzen und dazu hätt' ich doch nicht den Mut. Aber das Veronal, – man schläft langsam ein, wacht nicht mehr auf, keine Qual, kein Schmerz. Man legt sich ins Bett; in einem Zuge trinkt man es aus, träumt, und alles ist vorbei. Vorgestern habe ich auch ein Pulver genommen und neulich sogar zwei. Pst, niemandem sagen. Heut' werden es halt ein bißl mehr sein. Es ist ja nur für alle Fälle. Wenn es mich gar gar zu sehr grausen sollte. Aber warum soll es mich denn grausen? Wenn er mich anrührt, so spucke ich ihm ins Gesicht. Ganz einfach.

Aber wie soll ich ihm denn den Brief zukommen lassen? Ich kann doch nicht dem Herrn von Dorsday durch das Stubenmädchen einen Brief schicken. Das Beste, ich gehe hinunter und rede mit ihm und zeige ihm das Telegramm.

Hinunter muß ich ja jedenfalls. Ich kann doch nicht da herobeben im Zimmer bleiben. Ich hielte es ja gar nicht aus, drei Stunden lang – bis der Moment kommt. Auch wegen der Tante muß ich hinunter. Ha, was geht mich denn die Tante an. Was gehen mich die Leute an? Sehen Sie, meine Herrschaften, da steht das Glas mit dem Veronal. So, jetzt nehme ich es in die Hand. So, jetzt führe ich es an die Lippen. Ja, jeden Moment kann ich drüben sein, wo es keine Tanten gibt und keinen Dorsday und keinen Vater, der Mündelgelder defraudiert ...

Aber ich werde mich nicht umbringen. Das habe ich nicht notwendig. Ich werde auch nicht zu Herrn von Dorsday ins Zimmer gehen. Fällt mir gar nicht ein. Ich werde mich doch nicht um fünfzigtausend Gulden nackt hinstellen vor einen alten Lebemann, um einen Lumpen vor dem Kriminal zu retten. Nein, nein, entweder oder. Wie kommt denn der Herr von Dorsday dazu? Gerade der? Wenn einer mich sieht, dann sollen mich auch andere sehen. Ja! – Herrlicher Gedanke! – Alle sollen sie mich sehen. Die ganze Welt soll mich sehen. Und dann kommt das Veronal. Nein, nicht das Veronal, – wozu denn?! dann kommt die Villa mit den Marmorstufen und die schönen Jünglinge und die Freiheit und die weite Welt! Guten Abend, Fräulein Else, so gefallen Sie mir. Haha. Da unten werden sie meinen, ich bin verrückt geworden. Aber ich war noch nie so vernünftig. Zum erstenmal in meinem Leben bin ich wirklich vernünftig. Alle, alle sollen sie mich sehen! – Dann gibt es kein Zurück, kein nach Hause zu Papa und Mama, zu den Onkeln und Tanten. Dann bin ich nicht mehr das Fräulein Else, das man an irgendeinen Direktor Wilomitzer verkuppeln möchte; alle hab' ich sie so zum Narren; – den Schuften Dorsday vor allem – und komme zum zweitenmal auf die Welt ... sonst alles vergeblich – Adresse bleibt Fiala. Haha!

Keine Zeit mehr verlieren, nicht wieder feig werden. Herunter das Kleid. Wer wird der Erste sein? Wirst du es sein, Vetter Paul? Dein Glück, daß der Römerkopf nicht mehr da ist. Wirst du diese schönen Brüste küssen heute Nacht? Ah, wie bin ich schön. Bertha hat ein schwarzes Seidenhemd. Raffiniert. Ich werde noch viel raffinierter sein. Herrliches Leben. Fort mit den Strümpfen, das wäre unanständig. Nackt, ganz nackt. Wie wird mich Cissy beneiden! Und andere auch. Aber sie trauen sich nicht. Sie möchten ja alle so gern. Nehmt Euch ein Beispiel. Ich, die Jungfrau, ich traue mich. Ich werde mich ja zu Tod lachen über Dorsday. Da bin ich, Herr von Dorsday. Rasch auf die Post. Fünfzigtausend. So viel ist es doch wert?

Schön, schön bin ich! Schau' mich an, Nacht! Berge schaut mich an! Himmel schau' mich an, wie schön ich bin. Aber ihr seid ja blind. Was habe ich von euch. Die da unten haben Augen. Soll ich mir die Haare lösen? Nein. Da säh ich aus wie eine Verrückte. Aber Ihr sollt mich nicht für verrückt halten. Nur für schamlos sollt Ihr mich halten. Für eine Kanaille. Wo ist das Telegramm? Um Gottes willen, wo habe ich denn das Telegramm? Da liegt es ja, friedlich neben dem Veronal. ›Wiederhole flehentlich – fünfzigtausend – sonst alles vergeblich. Adresse bleibt Fiala.‹ Ja, das ist das Telegramm. Das ist ein Stück Papier und da stehen Worte darauf. Aufgegeben in Wien vier Uhr dreißig. Nein, ich träume nicht, es ist alles wahr. Und zu Hause warten sie auf die fünfzigtausend Gulden. Und Herr von Dorsday wartet auch. Er soll nur warten. Wir haben ja Zeit. Ah, wie hübsch ist es, so nackt im Zimmer auf- und abzuspazieren. Bin ich wirklich so schön wie im Spiegel? Ach, kommen Sie doch näher, schönes Fräulein. Ich will Ihre blutroten Lippen küssen. Ich will Ihre Brüste an meine Brüste pressen. Wie schade, daß das Glas zwischen uns ist, das kalte Glas. Wie gut würden wir uns miteinander vertragen. Nicht wahr? Wir brauchten gar niemanden andern. Es gibt vielleicht gar keine andern Menschen. Es gibt Telegramme und Hotels und Berge und Bahnhöfe und Wälder, aber Menschen gibt es nicht. Die träumen wir nur. Nur der Doktor Fiala existiert mit der Adresse. Es bleibt immer dieselbe. O, ich bin keineswegs verrückt. Ich bin nur ein wenig erregt. Das ist doch ganz selbstverständlich, bevor man zum zweitenmal auf die Welt kommt. Denn die frühere Else ist schon gestorben. Ja, ganz bestimmt bin ich tot. Da braucht man kein Veronal dazu. Soll ich es nicht weggießen? Das Stubenmädel könnte es aus Versehen trinken. Ich werde einen Zettel hinlegen und darauf schreiben: Gift; nein, lieber: Medizin, – damit dem Stubenmädel nichts geschieht. So edel bin ich. So. Medizin, zweimal unterstrichen und drei Ausrufungszeichen. Jetzt kann nichts passieren. Und wenn ich dann heraufkomme und keine Lust habe mich umzubringen und nur schlafen will, dann trinke ich eben nicht das ganze Glas aus, sondern nur ein Viertel davon oder noch weniger. Ganz einfach. Alles habe ich in meiner Hand. Am einfachsten wäre, ich liefe hinunter – so wie ich bin über Gang und Stiegen. Aber nein, da könnte ich aufgehalten werden, ehe ich unten bin – und ich muß doch die Sicherheit haben, daß der Herr von Dorsday dabei ist! Sonst schickt er natürlich das Geld nicht ab, der Schmutzian. – Aber ich muß ihm ja noch schreiben. Das ist doch das Wichtigste. O, kalt ist die Sessellehne, aber angenehm. Wenn ich meine Villa am italienischen See haben werde, dann werde ich in meinem Park immer nackt herumspazieren ... Die Füllfeder vermache ich Fred, wenn ich einmal sterbe. Aber vorläufig habe ich etwas Gescheiteres zu tun als zu sterben. ›Hochverehrter Herr Vicomte‹ – also vernünftig Else, keine Aufschrift, weder hochverehrt, noch hochverachtet. ›Ihre Bedingung, Herr von Dorsday, ist erfüllt‹ – – – ›In dem Augenblick, da Sie diese Zeilen lesen, Herr von Dorsday, ist ihre Bedingung erfüllt, wenn auch nicht ganz in der von Ihnen vorgesehenen Weise.‹ – ›Nein, wie gut das Mädel schreibt‹, möcht' der Papa sagen. – ›Und so rechne ich darauf, daß Sie Ihrerseits Ihr Wort halten und die fünfzigtausend Gulden telegraphisch an die bekannte Adresse unverzüglich anweisen lassen werden, Else.‹ Nein, nicht Else. Gar keine Unterschrift. So. Mein schönes gelbes Briefpapier! Hab' ich zu Weihnachten bekommen. Schad' drum. So – und jetzt Telegramm und Brief ins Kuvert. – ›Herrn von Dorsday‹, Zimmer Nummer fünfundsechzig. Wozu die Nummer? Ich lege ihm den Brief einfach vor die Tür im Vorbeigehen. Aber ich muß nicht. Ich muß überhaupt gar nichts. Wenn es mir beliebt, kann ich mich jetzt auch ins Bett legen und schlafen und mich um nichts mehr kümmern. Nicht um den Herrn von Dorsday und nicht um den Papa. Ein gestreifter Sträflingsanzug ist auch ganz elegant. Und erschossen haben sich schon viele. Und sterben müssen wir alle.

Aber du hast ja das alles vorläufig nicht nötig, Papa. Du hast ja deine herrlich gewachsene Tochter, und Adresse bleibt Fiala. Ich werde eine Sammlung einleiten. Mit dem Teller werde ich herumgehen. Warum sollte nur Herr von Dorsday zahlen? Das wäre ein Unrecht. Jeder nach seinen Verhältnissen. Wieviel wird Paul auf den Teller legen? Und wieviel der Herr mit dem goldenen Zwicker? Aber bildet Euch nur ja nicht ein, daß das Vergnügen lange dauern wird. Gleich hülle ich mich wieder ein, laufe die Treppen hinauf in mein Zimmer, sperre mich ein und, wenn es mir beliebt, trinke ich das ganze Glas auf einen Zug. Aber es wird mir nicht belieben. Es wäre nur eine Feigheit. Sie verdienen gar nicht so viel Respekt, die Schufte. Schämen vor Euch? Ich mich schämen vor irgend wem? Das habe ich wirklich nicht nötig. Laß dir noch einmal in die Augen sehen, schöne Else.

Was du für Riesenaugen hast, wenn man näher kommt. Ich wollte, es küßte mich einer auf meine Augen, auf meinen blutroten Mund. Kaum über die Knöchel reicht mein Mantel. Man wird sehen, daß meine Füße nackt sind. Was tut's, man wird noch mehr sehen! Aber ich bin nicht verpflichtet. Ich kann gleich wieder umkehren, noch bevor ich unten bin. Im ersten Stock kann ich umkehren. Ich muß überhaupt nicht hinuntergehen. Aber ich will ja. Ich freue mich drauf. Hab' ich mir nicht mein ganzes Leben lang so was gewünscht?

Worauf warte ich denn noch? Ich bin ja bereit. Die Vorstellung kann beginnen. Den Brief nicht vergessen. Eine aristokratische Schrift behauptet Fred. Auf Wiedersehen, Else. Du bist schön mit dem Mantel. Florentinerinnen haben sich so malen lassen. In den Galerien hängen ihre Bilder und es ist eine Ehre für sie. – Man muß gar nichts bemerken, wenn ich den Mantel um habe. Nur die Füße, nur die Füße. Ich nehme die schwarzen Lackschuhe, dann denkt man, es sind fleischfarbene Strümpfe. So werde ich durch die Halle gehen, und kein Mensch wird ahnen, daß unter dem Mantel nichts ist, als ich, ich selber. Und dann kann ich immer noch herauf ... – Wer spielt denn da unten so schön Klavier? Chopin? – Herr von Dorsday wird etwas nervös sein. Vielleicht hat er Angst vor Paul. Nur Geduld, Geduld, wird sich alles finden. Ich weiß noch gar nichts, Herr von Dorsday, ich bin selber schrecklich gespannt. Licht ausschalten! Ist alles in Ordnung in meinem Zimmer? Leb' wohl, Veronal, auf Wiedersehen. Leb' wohl, mein heißgeliebtes Spiegelbild. Wie du im Dunkel leuchtest. Ich bin schon ganz gewohnt, unter dem Mantel nackt zu sein. Ganz angenehm. Wer weiß, ob nicht manche so in der Halle sitzen und keiner weiß es? Ob nicht manche Dame so ins Theater geht und so in ihrer Loge sitzt – zum Spaß oder aus anderen Gründen.

Soll ich zusperren? Wozu? Hier wird ja nichts gestohlen. Und wenn auch – ich brauche ja nichts mehr. Schluß ... Wo ist denn Nummer fünfundsechzig? Niemand ist auf dem Gang. Alles noch unten beim Diner. Einundsechzig ... zweiundsechzig ... das sind ja riesige Bergschuhe, die da vor der Türe stehen. Da hängt eine Hose am Haken. Wie unanständig. Vierundsechzig, fünfundsechzig. So. Da wohnt er, der Vicomte ... Da unten lehn' ich den Brief hin, an die Tür. Da muß er ihn gleich sehen. Es wird ihn doch keiner stehlen? So, da liegt er ... Macht nichts ... Ich kann noch immer tun, was ich will. Hab' ich ihn halt zum Narren gehalten ... Wenn ich ihm nur jetzt nicht auf der Treppe begegne. Da kommt ja ... nein, das ist er nicht! ... Der ist viel hübscher als der Herr von Dorsday, sehr elegant, mit dem kleinen schwarzen Schnurrbart. Wann ist denn der angekommen? Ich könnte eine kleine Probe veranstalten – ein ganz klein wenig den Mantel lüften. Ich habe große Lust dazu. Schauen Sie mich nur an, mein Herr. Sie ahnen nicht, an wem Sie da vorübergehen. Schade, daß Sie gerade jetzt sich heraufbemühen. Warum bleiben Sie nicht in der Halle? Sie versäumen etwas. Große Vorstellung. Warum halten Sie mich nicht auf? Mein Schicksal liegt in Ihrer Hand. Wenn Sie mich grüßen, so kehre ich wieder um. So grüßen Sie mich doch. Ich sehe Sie doch so liebenswürdig an ... Er grüßt nicht. Vorbei ist er. Er wendet sich um, ich spüre es. Rufen Sie, grüßen Sie! Retten Sie mich! Vielleicht sind Sie an meinem Tode schuld, mein Herr! Aber Sie werden es nie erfahren. Adresse bleibt Fiala ...

Wo bin ich? Schon in der Halle? Wie bin ich daher gekommen? So wenig Leute und so viele Unbekannte. Oder sehe ich so schlecht? Wo ist Dorsday? Er ist nicht da. Ist es ein Wink des Schicksals? Ich will zurück. Ich will einen andern Brief an Dorsday schreiben. Ich erwarte Sie in meinem Zimmer um Mitternacht. Bringen Sie die Depesche an Ihre Bank mit. Nein. Er könnte es für eine Falle halten. Könnte auch eine sein. Ich könnte Paul bei mir versteckt haben, und er könnte ihn mit dem Revolver zwingen, uns die Depesche auszuliefern. Erpressung. Ein Verbrecherpaar. Wo ist Dorsday? Dorsday, wo bist du? Hat er sich vielleicht umgebracht aus Reue über meinen Tod? Im Spielzimmer wird er sein. Gewiß. An einem Kartentisch wird er sitzen. Dann will ich ihm von der Tür aus mit den Augen ein Zeichen geben. Er wird sofort aufstehen. ›Hier bin ich, mein Fräulein.‹ Seine Stimme wird klingen. ›Wollen wir ein wenig promenieren, Herr Dorsday?‹ ›Wie es beliebt, Fräulein Else.‹ Wir gehen über den Marienweg zum Walde hin. Wir sind allein. Ich schlage den Mantel auseinander. Die fünfzigtausend sind fällig. Die Luft ist kalt, ich bekomme eine Lungenentzündung und sterbe ... Warum sehen mich die zwei Damen an? Merken sie was? Warum bin ich denn da? Bin ich verrückt? Ich werde zurückgehen in mein Zimmer, mich geschwind ankleiden, das blaue, drüber den Mantel wie jetzt, aber offen, da kann niemand glauben, daß ich vorher nichts angehabt habe ... Ich kann nicht zurück. Ich will auch nicht zurück. Wo ist Paul? Wo ist Tante Emma? Wo ist Cissy? Wo sind sie denn alle? Keiner wird es merken ... Man kann es ja gar nicht merken. Wer spielt so schön? Chopin? Nein, Schumann.

Ich irre in der Halle umher wie eine Fledermaus. Fünfzigtausend! Die Zeit vergeht. Ich muß diesen verfluchten Herrn von Dorsday finden. Nein, ich muß in mein Zimmer zurück ... Ich werde Veronal trinken. Nur einen kleinen Schluck, dann werde ich gut schlafen ... Nach getaner Arbeit ist gut ruhen ... Aber die Arbeit ist noch nicht getan ... Wenn der Kellner den schwarzen Kaffee dem alten Herrn dort serviert, so geht alles gut aus. Und wenn er ihn dem jungen Ehepaar in der Ecke bringt, so ist alles verloren. Wieso? Was heißt das? Zu dem alten Herrn bringt er den Kaffee. Triumph! Alles geht gut aus. Ha, Cissy und Paul! Da draußen vor dem Hotel gehen sie auf und ab. Sie reden ganz vergnügt miteinander. Er regt sich nicht sonderlich auf wegen meiner Kopfschmerzen. Schwindler! ... Cissy hat keine so schönen Brüste wie ich. Freilich, sie hat ja ein Kind ... Was reden die Zwei? Wenn man es hören könnte! Was geht es mich an, was sie reden? Aber ich könnte auch vors Hotel gehen, ihnen guten Abend wünschen und dann weiter, weiterflattern über die Wiese, in den Wald, hinaufsteigen, klettern, immer höher, bis auf den Cimone hinauf, mich hinlegen, einschlafen, erfrieren. Geheimnisvoller Selbstmord einer jungen Dame der Wiener Gesellschaft. Nur mit einem schwarzen Abendmantel bekleidet, wurde das schöne Mädchen an einer unzugänglichen Stelle des Cimone della Pala tot aufgefunden ... Aber vielleicht findet man mich nicht ... Oder erst im nächsten Jahr. Oder noch später. Verwest. Als Skelett. Doch besser, hier in der geheizten Halle sein und nicht erfrieren. Nun, Herr von Dorsday, wo stecken Sie denn eigentlich? Bin ich verpflichtet zu warten? Sie haben mich zu suchen, nicht ich Sie. Ich will noch im Spielsaal nachschauen. Wenn er dort nicht ist, hat er sein Recht verwirkt. Und ich schreibe ihm: Sie waren nicht zu finden, Herr von Dorsday, Sie haben freiwillig verzichtet; das entbindet Sie nicht von der Verpflichtung, das Geld sofort abzuschikken. Das Geld. Was für ein Geld denn? Was kümmert mich das? Es ist mir doch ganz gleichgültig, ob er das Geld abschickt oder nicht. Ich habe nicht das geringste Mitleid mehr mit Papa. Mit keinem Menschen habe ich Mitleid. Auch mit mir selber nicht. Mein Herz ist tot. Ich glaube, es schlägt gar nicht mehr. Vielleicht habe ich das Veronal schon getrunken ... Warum schaut mich die holländische Familie so an? Man kann doch unmöglich was merken. Der Portier sieht mich auch so verdächtig an. Ist vielleicht noch eine Depesche gekommen? Achtzigtausend? Hunderttausend? Adresse bleibt Fiala. Wenn eine Depesche da wäre, würde er es mir sagen. Er sieht mich hochachtungsvoll an. Er weiß nicht, daß ich unter dem Mantel nichts an habe. Niemand weiß es. Ich gehe zurück in mein Zimmer. Zurück, zurück, zurück! Wenn ich über die Stufen stolperte, das wäre eine nette Geschichte. Vor drei Jahren auf dem Wörthersee ist eine Dame ganz nackt hinausgeschwommen. Aber noch am selben Nachmittag ist sie abgereist. Die Mama hat gesagt, es ist eine Operettensängerin aus Berlin. Schumann? Ja, Karneval. Die oder der spielt ganz schön. Das Kartenzimmer ist aber rechts. Letzte Möglichkeit, Herr von Dorsday. Wenn er dort ist, winke ich ihn mit den Augen zu mir her und sage ihm, um Mitternacht werde ich bei Ihnen sein, Sie Schuft. – Nein, Schuft sage ich ihm nicht. Aber nachher sage ich es ihm … Irgendwer geht mir nach. Ich wende mich nicht um. Nein, nein. –

»*Else!*« – Um Gottes willen die Tante. Weiter, weiter! »*Else!*« – Ich muß mich umdrehen, es hilft mir nichts. »O, guten Abend, Tante.« – »*Ja, Else, was ist denn mit dir? Grad wollte ich zu dir hinaufschauen. Paul hat mir gesagt – – Ja, wie schaust du denn aus?*« – »Wie schau ich denn aus, Tante? Es geht mir schon ganz gut. Ich habe auch eine Kleinigkeit gegessen.« Sie merkt was, sie merkt was. – »*Else – du hast ja – keine Strümpfe an!*« – »Was sagst du da, Tante? Meiner Seel, ich habe keine Strümpfe an. Nein –!« – »*Ist dir nicht wohl, Else? Deine Augen – du hast Fieber.*« – »Fieber? Ich glaub nicht. Ich hab' nur so furchtbare Kopfschmerzen gehabt, wie nie in meinem Leben noch.« – »*Du mußt sofort zu Bett, Kind, du bist totenblaß.*« – »Das kommt von der Beleuchtung, Tante. Alle Leute sehen hier blaß aus in der Halle.« Sie schaut so sonderbar an mir herab. Sie kann doch nichts merken? Jetzt nur die Fassung bewahren. Papa ist verloren, wenn ich nicht die Fassung bewahre. Ich muß etwas reden. »Weißt du, Tante, was mir heuer in Wien passiert ist? Da bin ich einmal mit einem gelben und einem schwarzen Schuh auf die Straße gegangen.« Kein Wort ist wahr. Ich muß weiterreden. Was sag' ich nur? »Weißt du, Tante, nach Migräneanfällen habe ich manchmal solche Anfälle von Zerstreutheit. Die Mama hat das auch früher gehabt.« Nicht ein Wort ist wahr. – »*Ich werde jedenfalls um den Doktor schicken.*« – »Aber ich bitte dich, Tante, es ist ja gar keiner im Hotel. Man müßt einen aus einer anderen Ortschaft holen. Der würde schön lachen, daß man ihn holen läßt, weil ich keine Strümpfe anhabe. Haha.« Ich sollte nicht so laut lachen. Das Gesicht von der Tante ist angstverzerrt. Die Sache ist ihr unheimlich. Die Augen fallen ihr heraus. – »*Sag', Else, hast du nicht zufällig Paul gesehen?*« – Ah, sie will sich Sukkurs verschaffen. Fassung, alles steht auf dem Spiel. »Ich glaube, er geht auf und ab vor dem Hotel mit Cissy Mohr, wenn ich nicht irre.« – »*Vor dem Hotel? Ich werde sie beide hereinholen. Wir wollen noch alle einen Tee trinken, nicht wahr?*« – »Gern.« Was für ein dummes Gesicht sie macht. Ich nicke ihr ganz freundlich und harmlos zu. Fort ist sie. Ich werde jetzt in mein Zimmer gehen. Nein, was soll ich denn in meinem Zimmer tun? Es ist höchste Zeit, höchste Zeit. Fünfzigtausend, fünfzigtausend. Warum laufe ich denn so? Nur langsam, langsam ... Was will ich denn? Wie heißt der Mann? Herr von Dorsday. Komischer Name ... Da ist ja das Spielzimmer. Grüner Vorhang vor der Tür. Man sieht nichts. Ich stelle mich auf die Zehenspitzen. Die Whistpartie. Die spielen jeden Abend. Dort spielen zwei Herren Schach. Herr von Dorsday ist nicht da. Viktoria. Gerettet! Wieso denn?

Ich muß weiter suchen. Ich bin verdammt, Herrn von Dorsday zu suchen bis an mein Lebensende. Er sucht mich gewiß auch. Wir verfehlen uns immerfort. Vielleicht sucht er mich oben. Wir werden uns auf der Stiege treffen. Die Holländer sehen mich wieder an. Ganz hübsch die Tochter. Der alte Herr hat eine Brille, eine Brille, eine Brille ... Fünfzigtausend. Es ist ja nicht so viel. Fünfzigtausend, Herr von Dorsday. Schumann? Ja, Karneval ... Hab' ich auch einmal studiert. Schön spielt sie. Warum denn sie? Vielleicht ist es ein Er? Vielleicht ist es eine Virtuosin? Ich will einen Blick in den Musiksalon tun.

Da ist ja die Tür. – – Dorsday! Ich falle um. Dorsday! Dort steht er am Fenster und hört zu. Wie ist das möglich? Ich verzehre mich – ich werde verrückt – ich bin tot – und er hört einer fremden Dame Klavierspielen zu. Dort auf dem Divan sitzen zwei Herren. Der Blonde ist erst heute angekommen. Ich hab' ihn aus dem Wagen steigen sehen. Die Dame ist gar nicht mehr jung. Sie ist schon ein paar Tage lang hier. Ich habe nicht gewußt, daß sie so schön Klavier spielt. Sie hat es gut. Alle Menschen haben es gut ... nur ich bin verdammt ... Dorsday! Dorsday! Ist er das wirklich? Er sieht mich nicht. Jetzt schaut er aus, wie ein anständiger Mensch. Er hört zu. Fünfzigtausend! Jetzt oder nie. Leise die Tür aufgemacht. Da bin ich, Herr von Dorsday! Er sieht mich nicht. Ich will ihm nur ein Zeichen mit den Augen geben, dann werde ich

den Mantel ein wenig lüften, das ist genug. Ich bin ja ein junges Mädchen. Bin ein anständiges junges Mädchen aus guter Familie. Bin ja keine Dirne ... Ich will fort. Ich will Veronal nehmen und schlafen. Sie haben sich geirrt, Herr von Dorsday, ich bin keine Dirne. Adieu, adieu! ... Ha, er schaut auf. Da bin ich, Herr von Dorsday. Was für Augen er macht. Seine Lippen zittern. Er bohrt seine Augen in meine Stirn. Er ahnt nicht, daß ich nackt bin unter dem Mantel. Lassen Sie mich fort, lassen Sie mich fort! Seine Augen glühen. Seine Augen drohen. Was wollen Sie von mir? Sie sind ein Schuft. Keiner sieht mich als er. Sie hören zu. So kommen Sie doch, Herr von Dorsday! Merken Sie nichts? Dort im Fauteuil – Herrgott, im Fauteuil – das ist ja der Filou! Himmel, ich danke dir. Er ist wieder da, er ist wieder da! Er war nur auf einer Tour! Jetzt ist er wieder da. Der Römerkopf ist wieder da. Mein Bräutigam, mein Geliebter. Aber er sieht mich nicht. Er soll mich auch nicht sehen. Was wollen Sie, Herr von Dorsday? Sie schauen mich an, als wenn ich Ihre Sklavin wäre. Ich bin nicht Ihre Sklavin. Fünfzigtausend! Bleibt es bei unserer Abmachung, Herr von Dorsday? Ich bin bereit. Da bin ich. Ich bin ganz ruhig. Ich lächle. Verstehen Sie meinen Blick? Sein Auge spricht zu mir: komm! Sein Auge spricht: ich will dich nackt sehen. Nun, du Schuft, ich bin ja nackt. Was willst du denn noch? Schick die Depesche ab ... Sofort ... Es rieselt durch meine Haut. Die Dame spielt

weiter. Köstlich rieselt es durch meine Haut. Wie wundervoll ist es nackt zu sein. Die Dame spielt weiter, sie weiß nicht, was hier geschieht. Niemand weiß es. Keiner noch sieht mich. Filou, Filou! Nackt stehe ich da. Dorsday reißt die Augen auf. Jetzt endlich glaubt er es. Der Filou steht auf. Seine Augen leuchten. Du verstehst mich, schöner Jüngling. »Haha!« Die Dame spielt nicht mehr. Der Papa ist gerettet. Fünfzigtausend! Adresse bleibt Fiala! »Ha, ha, ha!« Wer lacht denn da? Ich selber? »Ha, ha, ha!« Was sind denn das für Gesichter um mich? »Ha, ha, ha!« Zu dumm, daß ich lache. Ich will nicht lachen, ich will nicht. »Haha!« – »*Else!*« – Wer ruft Else? Das ist Paul. Er muß hinter mir sein. Ich spüre einen Luftzug über meinen nackten Rücken. Es saust in meinen Ohren. Vielleicht bin ich schon tot? Was wollen Sie, Herr von Dorsday? Warum sind Sie so groß und stürzen über mich her? »Ha, ha, ha!«

Was habe ich denn getan? Was habe ich getan? Was habe ich getan? Ich falle um. Alles ist vorbei. Warum ist denn keine Musik mehr? Ein Arm schlingt sich um meinen Nakken. Das ist Paul. Wo ist denn der Filou? Da lieg ich. »Ha, ha, ha!« Der Mantel fliegt auf mich herab. Und ich liege da. Die Leute halten mich für ohnmächtig. Nein, ich bin nicht ohnmächtig. Ich bin bei vollem Bewußtsein. Ich bin hundertmal wach, ich bin tausendmal wach. Ich muß nur immer lachen. »Ha, ha, ha!« Jetzt haben Sie Ihren Willen, Herr von Dorsday, Sie müssen das Geld für Papa schicken. Sofort. »Haaaah!« Ich will nicht schreien, und ich muß immer schreien. Warum muß ich denn schreien. – Meine Augen sind zu. Niemand kann mich sehen. Papa ist gerettet. – »*Else!*« – Das ist die Tante. – »*Else! Else!*« – »*Ein Arzt, ein Arzt!*« – »*Geschwind zum Portier!*« – »*Was ist denn passiert?*« – »*Das ist ja nicht möglich.*« – »*Das arme Kind.*« – Was reden sie denn da? Was murmeln sie denn da? Ich bin kein armes Kind. Ich bin glücklich. Der Filou hat mich nackt gesehen. O, ich schäme mich so. Was habe ich getan? Nie wieder werde ich die Augen öffnen. – »*Bitte, die Türe schließen.*« – Warum soll man die Türe schließen? Was für Gemurmel. Tausend Leute sind um mich. Sie halten mich alle für ohnmächtig. Ich bin nicht ohnmächtig. Ich träume nur. – »*Beruhigen Sie sich doch, gnädige Frau.*« – »*Ist schon um den Arzt geschickt?*« – »*Es ist ein Ohnmachtsanfall.*« – Wie weit sie alle weg sind. Sie sprechen alle vom Cimone herunter. – »*Man kann sie doch nicht auf dem Boden liegen lassen.*« – »*Hier ist ein Plaid.*« – »*Eine Decke.*« – »*Decke oder Plaid, das ist ja gleichgültig.*« – »*Bitte doch um Ruhe.*« – »*Auf den Diwan.*« – »*Bitte doch endlich die Türe zu schließen.*« – »*Nicht so nervös sein, sie ist ja geschlossen.*« – »*Else! Else!*« – Wenn die Tante nur endlich still wär! – »*Hörst du mich Else?*« – »*Du siehst doch, Mama, daß sie ohnmächtig ist.*« – Ja, Gott sei Dank, für Euch bin ich ohnmächtig. Und ich bleibe auch ohnmächtig. – »*Wir müssen sie auf ihr Zimmer bringen.«* – »*Was ist denn da geschehen? Um Gottes willen!*« – Cissy. Wie kommt denn Cissy auf die Wiese. Ach, es ist ja nicht die Wiese. – »*Else!*« – »*Bitte um Ruhe.*« – »*Bitte ein wenig zurückzutreten.*« – Hände, Hände unter mir. Was wollen sie denn? Wie schwer ich bin. Pauls Hände. Fort, fort. Der Filou ist in meiner Nähe, ich spüre es. Und Dorsday ist fort. Man muß ihn suchen. Er darf sich nicht umbringen, ehe er die fünfzigtausend abgeschickt hat. Meine Herrschaften, er ist mir Geld schuldig. Verhaften Sie ihn. »*Hast du eine Ahnung, von wem die Depesche war, Paul?*« – »*Guten Abend, meine Herrschaften.*« – »*Else, hörst du mich?*« – »*Lassen Sie sie doch, Frau Cissy.*« – »*Ach Paul.*« – »*Der Direktor sagt, es kann vier Stunden dauern, bis der Doktor da ist.*« – »*Sie sieht aus, als wenn sie schliefe.*« – Ich liege auf dem Diwan, Paul hält meine Hand, er fühlt mir den Puls. Richtig, er ist ja Arzt. – »*Von Gefahr ist keine Rede, Mama. Ein – Anfall.*« – »*Keinen Tag länger bleibe ich im Hotel.*« »*Bitte dich, Mama.*« – »*Morgen früh reisen wir ab.*« – »*Aber einfach über die Dienerschaftsstiege. Die Tragbahre wird sofort hier sein.*« – Bahre? Bin ich nicht heute schon auf einer Bahre gelegen? War ich nicht schon tot? Muß ich denn noch einmal sterben? – »*Wollen Sie nicht dafür sorgen, Herr Direktor, daß die Leute sich endlich von der Türe entfernen.*« – »*Rege dich doch nicht auf, Mama.*« – »*Es ist eine Rücksichtslosigkeit von den Leuten.*« – Warum flüstern sie denn alle? Wie in einem Sterbezimmer. Gleich wird die Bahre da sein. Mach' auf das Tor, Herr Matador! – »*Der Gang ist frei.*« – »*Die Leute könnten doch wenigstens so viel Rücksicht haben.*« – »*Ich bitte dich, Mama, beruhige dich doch.*« – »*Bitte, gnädige Frau.*« – »*Wollen Sie sich nicht ein wenig meiner Mutter annehmen, Frau Cissy?*« – Sie ist seine Geliebte, aber sie ist nicht so schön wie ich. Was ist denn schon wieder? Was geschieht denn da? Sie bringen die Bahre. Ich sehe es mit geschlossenen Augen. Das ist die Bahre, auf der sie die Verunglückten tragen. Auf der ist auch der Doktor Zigmondi gelegen, der vom Cimone abgestürzt ist. Und jetzt werde ich auf der Bahre liegen. Ich bin auch abgestürzt. »Ha!« Nein, ich will nicht noch einmal schreien. Sie flüstern. Wer beugt sich über meinen Kopf? Es riecht gut nach Zigaretten. Seine Hand ist unter meinem Kopf. Hände unter meinem Rücken, Hände unter meinen Beinen. Fort, fort, rührt mich nicht an. Ich bin ja nackt. Pfui, pfui. Was wollt Ihr denn? Laßt mich in Ruhe. Es war nur für Papa. – »*Bitte vorsichtig, so, langsam.*« – »*Der Plaid?*« – »*Ja, danke, Frau Cissy.*« – Warum dankt er ihr? Was hat sie denn getan? Was geschieht mit mir? Ah, wie gut, wie gut. Ich schwebe. Ich schwebe. Ich schwebe hinüber. Man trägt mich, man trägt mich, man trägt mich zu Grabe. – »*Aber mir sein das g'wohnt, Herr Doktor. Da sind schon Schwerere darauf gelegen. Im vorigen Herbst einmal zwei zugleich.*« – »*Pst, pst.*« – »*Vielleicht sind Sie so gut, vorauszugehen, Frau Cissy und sehen, ob in Elses Zimmer alles in Ordnung ist.*« – Was hat Cissy in meinem Zimmer zu tun? Das Veronal, das Veronal! Wenn sie es nur nicht weggießen. Dann müßte ich mich doch zum Fenster hinunterstürzen. – »*Danke sehr, Herr Direktor, bemühen Sie sich nicht weiter.*« – »*Ich werde mir erlauben, später wieder nachzufragen.*« – Die Treppe knarrt, die Träger haben schwere Bergstiefel. Wo sind meine Lackschuhe? Im Musikzimmer geblieben. Man wird sie stehlen. Ich habe sie der Agathe vermachen wollen. Fred kriegt meine Füllfeder. Sie tragen mich, sie tragen mich. Trauerzug. Wo ist Dorsday, der Mörder? Fort ist er. Auch der Filou ist fort. Er ist gleich wieder auf die Wanderschaft gegangen. Er ist nur zurückgekommen, um einmal meine weißen Brüste zu sehen. Und jetzt ist er wieder fort. Er geht einen schwindligen Weg zwischen Felsen und Abgrund; – leb' wohl, leb' wohl. – Ich schwebe, ich schwebe. Sie sollen mich nur hinauftragen, immer weiter, bis zum Dach, bis zum Himmel. Das wäre so bequem. – »*Ich habe es ja kommen gesehen, Paul.*« – Was hat die Tante kommen gesehen? – »*Schon die ganzen letzten Tage habe ich so etwas kommen gesehen. Sie ist überhaupt nicht normal. Sie muß natürlich in einen Anstalt.*« – »*Aber Mama, jetzt ist doch nicht der Moment davon zu reden.*« – Anstalt –? Anstalt –?! – »*Du denkst doch nicht, Paul, daß ich in ein und demselben Coupé mit dieser Person nach Wien fahren werde. Da könnte man schöne Sachen erleben.*« – »*Es wird nicht das Geringste passieren, Mama. Ich garantiere dir, daß du keinerlei Ungelegenheiten haben wirst.*« – »*Wie kannst du das garantieren?*« – Nein, Tante, du sollst keine Ungelegenheiten haben. Niemand wird Ungelegenheiten haben. Nicht einmal Herr von Dorsday. Wo sind wir denn? Wir bleiben stehen. Wir sind im zweiten Stock. Ich werde blinzeln. Cissy steht in der Tür und spricht mit Paul. – »*Hieher bitte. So. So. Hier. Danke. Rücken Sie die Bahre ganz nah ans Bett heran.*« – Sie heben die Bahre. Sie tragen mich. Wie gut. Nun bin ich wieder zu Hause. Ah! – »*Danke. So, es ist schon recht. Bitte die Türe zu schließen. – Wenn Sie so gut sein wollten mir zu helfen, Cissy.*« – »*O, mit Vergnügen, Herr Doktor.*« – »*Langsam, bitte. Hier, bitte, Cissy, fassen Sie sie an. Hier an den Beinen. Vorsichtig. Und dann – – Else – –? Hörst du mich, Else?*« – Aber natürlich höre ich dich, Paul. Ich höre alles. Aber was geht Euch das an. Es ist ja so schön, ohnmächtig zu sein. Ach, macht, was Ihr wollt. – »*Paul!*« – »*Gnädige Frau?*« – »*Glaubst du wirklich, daß sie bewußtlos ist, Paul?*« – Du? Sie sagt ihm du. Hab' ich Euch erwischt! Du sagt sie ihm! – »*Ja, sie ist vollkommen bewußtlos. Das kommt nach solchen Anfällen gewöhnlich vor.*« – »*Nein, Paul, du bist zum Kranklachen, wenn du dich so erwachsen als Doktor benimmst.«* – Hab' ich Euch, Schwindelbande! Hab' ich Euch? – »*Still, Cissy.«* – »*Warum denn, wenn sie nichts hört?!«* – Was ist denn geschehen? Nackt liege ich im Bett unter der Decke. Wie haben sie das gemacht? – »*Nun, wie geht's? Besser?«* – Das ist ja die Tante. Was will sie denn da? – »*Noch immer ohnmächtig?«* – Auf den Zehenspitzen schleicht sie heran. Sie soll zum Teufel gehen. Ich laß mich in keine Anstalt bringen. Ich bin nicht irrsinnig. – »*Kann man sie nicht zum Bewußtsein erwecken?«* – »*Sie wird bald wieder zu sich kommen, Mama. Jetzt braucht sie nichts als Ruhe. Übrigens du auch, Mama. Möchtest du nicht schlafen gehen? Es besteht absolut keine Gefahr. Ich werde zusammen mit Frau Cissy bei Else Nachtwache halten.«* – »*Jawohl, gnädige Frau, ich bin die Gardedame. Oder Else, wie man's nimmt.«* – Elendes Frauenzimmer. Ich liege hier ohnmächtig und sie macht Späße. »*Und ich kann mich darauf verlassen, Paul, daß du mich wecken läßt, sobald der Arzt kommt?«* – »*Aber Mama, der kommt nicht vor morgen früh.«* – »*Sie sieht aus, als wenn sie schliefe. Ihr Atem geht ganz ruhig.«* – »*Es ist ja auch eine Art von Schlaf, Mama.«* – »*Ich kann mich noch immer nicht fassen, Paul, ein solcher Skandal! – Du wirst sehen, es kommt in die Zeitung!«* – »*Mama!«* – »*Aber sie kann doch nichts hören, wenn sie ohnmächtig ist. Wir reden doch ganz leise.«* – »*In diesem Zustand sind die Sinne manchmal unheimlich geschärft.«* – »*Sie haben einen so gelehrten Sohn, gnädige Frau.«* – »*Bitte dich, Mama, geh' zu Bette.«* – »*Morgen reisen wir ab unter jeder Bedingung. Und in Bozen nehmen wir eine Wärterin für Else.«* – Was? Eine Wärterin? Da werdet Ihr Euch aber täuschen. – »*Über all' das reden wir morgen, Mama. Gute Nacht, Mama.«* – »*Ich will mir einen Tee aufs Zimmer bringen lassen und in einer Viertelstunde schau ich noch einmal her.«* – »*Das ist doch absolut nicht notwendig, Mama.«* – Nein, notwendig ist es nicht. Du sollst überhaupt zum Teufel gehen. Wo ist das Veronal? Ich muß noch warten. Sie begleiten die Tante zur Türe. Jetzt sieht mich niemand. Auf dem Nachttisch muß es ja stehen, das Glas mit dem Veronal. Wenn ich es austrinke, ist alles vorbei. Gleich werde ich es trinken. Die Tante ist fort. Paul und Cissy stehen noch an der Tür. Ha. Sie küßt ihn. Sie küßt ihn. Und ich liege nackt unter der Decke. Schämt Ihr Euch denn gar nicht? Sie küßt ihn wieder. Schämt Ihr Euch nicht? – »*Siehst du, Paul, jetzt weiß ich, daß sie ohnmächtig ist. Sonst wäre sie mir unbedingt an die Kehle gesprungen.*« »*Möchtest du mir nicht den Gefallen tun und schweigen, Cissy?*« – »*Aber was willst du denn, Paul? Entweder ist sie wirklich bewußtlos. Dann hört und sieht sie nichts. Oder sie hält uns zum Narren. Dann geschieht ihr ganz recht.*« – »*Es hat geklopft, Cissy.*« – »*Mir kam es auch so vor.*« – »*Ich will leise aufmachen und sehen wer es ist. – Guten Abend Herr von Dorsday.*« – »*Verzeihen Sie, ich wollte nur fragen, wie sich die Kranke*« – Dorsday! Dorsday! Wagt er es wirklich? Alle Bestien sind losgelassen. Wo ist er denn? Ich höre sie flüstern vor der Tür. Paul und Dorsday. Cissy stellt sich vor den Spiegel hin. Was machen Sie vor dem Spiegel dort? Mein Spiegel ist es. Ist nicht mein Bild noch drin? Was reden sie draußen vor der Tür, Paul und Dorsday? Ich fühle Cissys Blick. Vom Spiegel aus sieht sie zu mir her. Was will sie denn? Warum kommt sie denn näher? Hilfe! Hilfe! Ich schreie doch, und keiner hört mich. Was wollen Sie an meinem Bett, Cissy?! Warum beugen Sie sich herab? wollen Sie mich erwürgen? Ich kann mich nicht rühren. – »*Else!*« – Was will sie denn? – »*Else! Hören Sie mich, Else?*« – Ich höre, aber ich schweige. Ich bin ohnmächtig, ich muß schweigen. – »*Else, Sie haben uns in einen schönen Schreck versetzt.*« – Sie spricht zu mir. Sie spricht zu mir, als wenn ich wach wäre.

Was will sie denn? – »*Wissen Sie, was Sie getan haben, Else? Denken Sie, nur mit dem Mantel bekleidet sind Sie ins Musikzimmer getreten, sind plötzlich nackt dagestanden vor allen Leuten und dann sind Sie ohnmächtig hingefallen. Ein hysterischer Anfall wird behauptet. Ich glaube kein Wort davon. Ich glaube auch nicht, daß Sie bewußtlos sind. Ich wette, Sie hören jedes Wort, das ich rede.*« – Ja, ich höre, ja, ja, ja. Aber sie hört mein Ja nicht. Warum denn nicht? Ich kann meine Lippen nicht bewegen. Darum hört sie mich nicht. Ich kann mich nicht rühren. Was ist denn mit mir? Bin ich tot? Bin ich scheintot? Träume ich? Wo ist das Veronal? Ich möchte mein Veronal trinken. Aber ich kann den Arm nicht ausstrecken. Gehen Sie fort, Cissy. Warum sind Sie über mich gebeugt? Fort, fort! Nie wird sie wissen, daß ich sie gehört habe. Niemand wird es je wissen. Nie wieder werde ich zu einem Menschen sprechen. Nie wache ich wieder auf. Sie geht zur Türe. Sie wendet sich noch einmal nach mir um. Sie öffnet die Türe. Dorsday! Dort steht er. Ich habe ihn gesehen mit geschlossenen Augen. Nein, ich sehe ihn wirklich. Ich habe ja die Augen offen. Die Türe ist angelehnt. Cissy ist auch draußen. Nun flüstern sie alle. Ich bin allein. Wenn ich mich jetzt rühren könnte.

Ha, ich kann ja, kann ja. Ich bewege die Hand, ich rege die Finger, ich strecke den Arm, ich sperre die Augen weit auf. Ich sehe, ich sehe. Da steht mein Glas. Geschwind, ehe sie wieder ins Zimmer kommen. Sind es nur Pulver genug?! Nie wieder darf ich erwachen. Was ich zu tun hatte auf der Welt, habe ich getan. Der Papa ist gerettet. Niemals könnte ich wieder unter Menschen gehen. Paul guckt durch die Türspalte herein. Er denkt, ich bin noch ohnmächtig. Er sieht nicht, daß ich den Arm beinahe schon ausgestreckt habe. Nun stehen sie wieder alle drei draußen vor der Tür, die Mörder! – Alle sind sie Mörder. Dorsday und Cissy und

Paul, auch Fred ist ein Mörder und die Mama ist eine Mörderin. Alle haben sie mich gemordet und machen sich nichts wissen. Sie hat sich selber umgebracht, werden sie sagen. Ihr habt mich umgebracht, Ihr Alle, Ihr Alle! Hab' ich es endlich? Geschwind, geschwind! Ich muß. Keinen Tropfen verschütten. So. Geschwind. Es schmeckt gut. Weiter, weiter. Es ist gar kein Gift. Nie hat mir was so gut geschmeckt. Wenn Ihr wüßtet, wie gut der Tod schmeckt! Gute Nacht, mein Glas. Klirr, klirr! Was ist denn das? Auf dem Boden liegt das Glas. Unten liegt es. Gute Nacht. – »*Else! Else!*« – Was wollt Ihr denn? – »*Else!*« – Seid Ihr wieder da? Guten Morgen. Da lieg' ich bewußtlos mit geschlossenen Augen. Nie wieder sollt Ihr meine Augen sehen. – »*Sie muß sich bewegt haben, Paul, wie hätte es sonst herunterfallen können?*« – »*Eine unwillkürliche Bewegung, das wäre schon möglich.*« – »*Wenn sie nicht wach ist.*« – »*Was fällt dir ein, Cissy. Sieh sie doch nur an.*« – Ich habe Veronal getrunken. Ich werde sterben. Aber es ist geradeso wie vorher. Vielleicht war es nicht genug … Paul faßt meine Hand. – »*Der Puls geht ruhig. Lach' doch nicht, Cissy. Das arme Kind.*« – »*Ob du mich auch ein armes Kind nennen würdest, wenn ich mich im Musikzimmer nackt hingestellt hätte?*« – »*Schweig' doch, Cissy.*« – »*Ganz nach Belieben, mein Herr. Vielleicht soll ich mich entfernen, dich mit dem nackten Fräulein allein lassen. Ach bitte, geniere dich nicht. Tu', als ob ich nicht da wäre.*« – Ich habe Veronal getrunken. Es ist gut. Ich werde sterben. Gott sei Dank. – »*Übrigens weißt du, was mir vorkommt. Daß dieser Herr von Dorsday in das nackte Fräulein verliebt ist. Er war so erregt, als ginge ihn die Sache persönlich an.*« – Dorsday, Dorsday! Das ist ja der – Fünfzigtausend! Wird er sie abschicken? Um Gottes willen, wenn er sie nicht abschickt? Ich muß es ihnen sagen. Sie müssen ihn zwingen. Um Gottes willen, wenn alles umsonst gewesen ist? Aber jetzt kann man mich noch retten. Paul! Cissy! Warum hört Ihr mich denn nicht? Wißt Ihr denn nicht, daß ich sterbe? Aber ich spüre nichts. Nur müde bin ich. Paul! Ich bin müde. Hörst du mich denn nicht? Ich bin müde, Paul. Ich kann die Lippen nicht öffnen. Ich kann die Zunge nicht bewegen, aber ich bin noch nicht tot. Das ist das Veronal. Wo seid Ihr denn? Gleich schlafe ich ein. Dann wird es zu spät sein! Ich höre sie gar nicht reden. Sie reden und ich weiß nicht was. Ihre Stimmen brausen so. So hilf mir doch, Paul! die Zunge ist mir so schwer. – »*Ich glaube, Cissy, daß sie bald erwachen wird. Es ist, als wenn sie sich schon mühte, die Augen zu öffnen. Aber Cissy, was tust du denn?*« – »*Nun, ich umarme dich. Warum denn nicht? Sie hat sich auch nicht geniert.*« – Nein, ich habe mich nicht geniert. Nackt bin ich dagestanden vor allen Leuten. Wenn ich nur reden könnte, so würdet Ihr verstehen warum. Paul! Paul! Ich will, daß Ihr mich hört. Ich habe Veronal getrunken, Paul, zehn Pulver, hundert. Ich hab' es nicht tun wollen. Ich war verrückt. Ich will nicht sterben. Du sollst mich retten, Paul. Du bist ja Doktor. Rette mich! – »*Jetzt scheint sie wieder ganz ruhig geworden. Der Puls – der Puls ist ziemlich regelmäßig.*« – Rette mich, Paul. Ich beschwöre dich. Laß mich doch nicht sterben. Jetzt ist's noch Zeit. Aber dann werde ich einschlafen und Ihr werdet es nicht wissen. Ich will nicht sterben. So rette mich doch. Es war nur wegen Papa. Dorsday hat es verlangt. Paul! Paul! – »*Schau mal her, Cissy, scheint dir nicht, daß sie lächelt?*« – »*Wie sollte sie nicht lächeln, Paul, wenn du immerfort zärtlich ihre Hand hältst.*« – Cissy, Cissy, was habe ich dir denn getan, daß du so böse zu mir bist. Behalte deinen Paul – aber laßt mich nicht sterben. Ich bin noch so jung. Die Mama wird sich kränken. Ich will noch auf viele Berge klettern. Ich will noch tanzen. Ich will auch einmal heiraten. Ich will noch reisen.

Morgen machen wir die Partie auf den Cimone. Morgen wird ein wunderschöner Tag sein. Der Filou soll mitkommen. Ich lade ihn ergebenst ein. Lauf' ihm doch nach, Paul, er geht einen so schwindligen Weg. Er wird dem Papa begegnen. Adresse bleibt Fiala, vergiß nicht. Es sind nur fünfzigtausend, und dann ist alles in Ordnung. Da marschieren sie alle im Sträflingsgewand und singen. Mach' auf das Tor, Herr Matador! Das ist ja alles nur ein Traum. Da geht auch Fred mit dem heisren Fräulein und unter dem freien Himmel steht das Klavier. Der Klavierstimmer wohnt in der Bartensteinstraße, Mama! Warum hast du ihm denn nicht geschrieben, Kind? Du vergißt aber alles. Sie sollten mehr Skalen üben, Else. Ein Mädel mit dreizehn Jahren sollte fleißiger sein. – Rudi war auf dem Maskenball und ist erst um acht Uhr früh nach Hause gekommen. Was hast du mir mitgebracht, Papa? Dreißigtausend Puppen. Da brauch ich ein eigenes Haus dazu. Aber sie können auch im Garten spazierengehen. Oder auf den Maskenball mit Rudi. Grüß dich Gott, Else. Ach Bertha, bist du wieder aus Neapel zurück? Ja, aus Sizilien. Erlaube, daß ich dir meinen Mann vorstelle, Else. Enchanté, Monsieur. – »*Else, hörst du mich, Else? Ich bin es, Paul.*« – Haha, Paul. Warum sitzest du denn auf der Giraffe im Ringelspiel? – »*Else, Else!*« – So reit' mir doch nicht davon. Du kannst mich doch nicht hören, wenn du so schnell durch die Hauptallee reitest. Du sollst mich ja retten. Ich habe Veronalica genommen. Das läuft mir über die Beine, rechts und links, wie Ameisen. Ja, fang' ihn nur, den Herrn von Dorsday. Dort läuft er. Siehst du ihn denn nicht? Da springt er über den Teich. Er hat ja den Papa umgebracht. So lauf' ihm doch nach. Ich laufe mit. Sie haben mir die Bahre auf den Rücken geschnallt, aber ich laufe mit. Meine Brüste zittern so. Aber ich laufe mit. Wo bist du denn, Paul? Fred, wo bist du? Mama, wo bist Du? Cissy? Warum laßt Ihr mich denn allein durch die Wüste laufen? Ich habe ja Angst so allein. Ich werde lieber fliegen. Ich habe ja gewußt, daß ich fliegen kann.

»*Else!*« …

»*Else!*« …

Wo seid Ihr denn? Ich höre Euch, aber ich sehe Euch nicht.

»*Else!*« …

»*Else!*« …

»*Else!* …«

Was ist denn das? Ein ganzer Chor? Und Orgel auch? Ich singe mit. Was ist es denn für ein Lied? Alle singen mit. Die Wälder auch und die Berge und die Sterne. Nie habe ich etwas so Schönes gehört. Noch nie habe ich eine so helle Nacht gesehen. Gib mir die Hand, Papa. Wir fliegen zusammen. So schön ist die Welt, wenn man fliegen kann. Küss' mir doch nicht die Hand. Ich bin ja dein Kind, Papa.

»*Else! Else!*«

Sie rufen von so weit! Was wollt Ihr denn? Nicht wecken. Ich schlafe ja so gut. Morgen früh. Ich träume und fliege. Ich fliege … fliege … fliege … schlafe und träume … und fliege … nicht wecken … morgen früh …

»*El…*«

Ich fliege … ich träume … ich schlafe … ich träu… träu – ich flie……

LEUTNANT GUSTL

Wie lange wird denn das noch dauern? Ich muß auf die Uhr schauen … schickt sich wahrscheinlich nicht in einem so ernsten Konzert. Aber wer sieht's denn? Wenn's einer sieht, so paßt er gerade so wenig auf, wie ich, und vor dem brauch' ich mich nicht zu genieren … Erst viertel auf zehn? … Mir kommt vor, ich sitz' schon drei Stunden in dem Konzert. Ich bin's halt nicht gewohnt … Was ist es denn eigentlich? Ich muß das Programm anschauen … Ja, richtig: Oratorium? Ich hab' gemeint: Messe. Solche Sachen gehören doch nur in die Kirche. Die Kirche hat auch das Gute, daß man jeden Augenblick fortgehen kann. – Wenn ich wenigstens einen Ecksitz hätt'! – Also Geduld, Geduld! Auch Oratorien nehmen ein End'! Vielleicht ist es sehr schön, und ich bin nur nicht in der Laune. Woher sollt' mir auch die Laune kommen? Wenn ich denke, daß ich hergekommen bin, um mich zu zerstreuen … Hätt' ich die Karte lieber dem Benedek geschenkt, dem machen solche Sachen Spaß; er spielt ja selber Violine. Aber da wär' der Kopetzky beleidigt gewesen. Es war ja sehr lieb von ihm, wenigstens gut gemeint. Ein braver Kerl, der Kopetzky! Der einzige, auf den man sich verlassen kann … Seine Schwester singt ja mit unter denen da oben. Mindestens hundert Jungfrauen, alle schwarz gekleidet; wie soll ich sie da herausfinden? Weil sie mitsingt, hat er auch das Billett gehabt, der Kopetzky … Warum ist er denn nicht selber gegangen? – Sie singen übrigens sehr schön. Es ist sehr erhebend – sicher! Bravo! bravo! … Ja, applaudieren wir mit. Der neben mir klatscht wie verrückt. Ob's ihm wirklich so gut gefällt? – Das Mädel drüben in der Loge ist sehr hübsch. Sieht sie mich an oder den Herrn dort mit dem blonden Vollbart? … Ah, ein Solo! Wer ist das? Alt: Fräulein

Walker, Sopran: Fräulein Michalek ... das ist wahrscheinlich Sopran ... Lang' war ich schon nicht in der Oper. In der Oper unterhalt' ich mich immer, auch wenn's langweilig ist. Übermorgen könnt' ich eigentlich wieder hineingeh'n, zur »Traviata«. Ja, übermorgen bin ich vielleicht schon eine tote Leiche! Ah, Unsinn, das glaub' ich selber nicht! Warten S' nur, Herr Doktor, Ihnen wird's vergeh'n, solche Bemerkungen zu machen! Das Nasenspitzel hau' ich Ihnen herunter ...

Wenn ich die in der Loge nur genau sehen könnt'! Ich möcht' mir den Operngucker von dem Herrn neben mir ausleih'n, aber der frißt mich ja auf, wenn ich ihn in seiner Andacht stör' ... In welcher Gegend die Schwester vom Kopetzky steht? Ob ich sie erkennen möcht'? Ich hab' sie ja nur zwei- oder dreimal gesehen, das letztemal im Offizierskasino ... Ob das lauter anständige Mädeln sind, alle hundert? O jeh! ... »Unter Mitwirkung des Singvereins!‹ – Singverein ... komisch! Ich hab' mir darunter eigentlich immer so was Ähnliches vorgestellt, wie die Wiener Tanzsängerinnen, das heißt, ich hab' schon gewußt, daß es was anderes ist! ... Schöne Erinnerungen! Damals beim »Grünen Tor« ... Wie hat sie nur geheißen? Und dann hat sie mir einmal eine Ansichtskarte aus Belgrad geschickt ... auch eine schöne Gegend! – Der Kopetzky hat's gut, der sitzt jetzt längst im Wirtshaus und raucht seine Virginia! ...

Was guckt mich denn der Kerl dort immer an? Mir scheint, der merkt, daß ich mich langweil' und nicht herg'hör' ... Ich möcht' Ihnen raten, ein etwas weniger freches Gesicht zu machen, sonst stell' ich Sie mir nachher im Foyer! – Schaut schon weg! ... Daß sie alle vor meinem Blick so eine Angst hab'n ... »Du hast die schönsten Augen, die mir je vorgekommen sind!« hat neulich die Steffi gesagt ... O Steffi, Steffi, Steffi! – Die Steffi ist eigentlich schuld, daß ich dasitz' und mir stundenlang vorlamentieren lassen muß. – Ah, diese ewige Abschreiberei von der Steffi geht mir wirklich schon auf die Nerven! Wie schön hätt' der heutige Abend sein können. Ich hätt' große Lust, das Brieferl von der Steffi zu lesen. Da hab' ich's ja. Aber wenn ich die Brieftasche herausnehm', frißt mich der Kerl daneben auf! – Ich weiß ja, was drinsteht ... sie kann nicht kommen, weil sie mit »ihm« nachtmahlen gehen muß ... Ah, das war komisch vor acht Tagen, wie sie mit ihm in der Gartenbaugesellschaft gewesen ist, und ich vis-a-vis mit'm Koperzky; und sie hat mir immer die Zeichen gemacht mit den Augerln, die verabredeten. Er hat nichts gemerkt – unglaublich! Muß übrigens ein Jud' sein! Freilich, in einer Bank ist er, und der schwarze Schnurrbart ... Reserveleutnant soll er auch sein! Na, in mein Regiment sollt' er nicht zur Waffenübung kommen! Überhaupt, daß sie noch immer so viel Juden zu Offizieren machen – da pfeif' ich auf'n ganzen Antisemitismus! Neulich in der Gesellschaft, wo die G'schicht' mit dem Doktor passiert ist bei den Mannheimers ... die Mannheimer selber sollen ja auch Juden sein, getauft natürlich ... denen merkt man's aber gar nicht an – besonders die Frau ... so blond, bildhübsch die Figur ... War sehr amüsant im ganzen. Famoses Essen, großartige Zigarren ... Na ja, wer hat's Geld? ...

Bravo, bravo! Jetzt wird's doch bald aus sein? – Ja, jetzt steht die ganze G'sellschaft da droben auf ... sieht sehr gut aus – imposant! – Orgel auch? ... Orgel hab' ich sehr gern ... So, das laß' ich mir g'fall'n – sehr schön! Es ist wirklich wahr, man sollt' öfter in Konzerte gehen ... Wunderschön ist's g'wesen, werd' ich dem Kopetzky sagen ... Werd' ich ihn heut' im Kaffeehaus treffen? – Ah, ich hab' gar keine Lust, ins Kaffeehaus zu geh'n; hab' mich gestern so gegiftet! Hundertsechzig Gulden auf einem Sitz verspielt – zu dumm! Und wer hat alles gewonnen? Der Ballert, grad' der, der's nicht notwendig hat ... Der Ballert ist eigentlich schuld, daß ich in das blöde Konzert hab' geh'n müssen ... Na ja, sonst hätt' ich heut wieder spielen können, vielleicht doch was zurückgewonnen. Aber es ist ganz gut, daß ich mir selber das Ehrenwort gegeben hab', einen Monat lang keine Karte anzurühren ... Die Mama wird wieder ein G'sicht machen, wenn sie meinen Brief bekommt! – Ah, sie soll zum Onkel geh'n, der hat Geld wie Mist; auf die paar hundert Gulden kommt's ihm nicht an. Wenn ich's nur durchsetzen könnt', daß er mir eine regelmäßige Sustentation gibt ... aber nein, um jeden Kreuzer muß man extra betteln. Dann heißt's wieder: Im vorigen Jahr war die Ernte schlecht! ... Ob ich heuer im Sommer wieder zum Onkel fahren soll auf vierzehn Tag'? Eigentlich langweilt man sich dort zum Sterben ... Wenn ich die ... wie hat sie nur geheißen? ... Es ist merkwürdig, ich kann mir keinen Namen merken! ... Ah, ja: Etelka! ... Kein Wort deutsch hat sie verstanden, aber das war auch nicht notwendig ... hab' gar nichts zu reden brauchen! ... Ja, es wird ganz gut sein, vierzehn Tage Landluft und vierzehn Nächt' Etelka oder sonstwer ... Aber acht Tag' sollt' ich doch auch wieder beim Papa und bei der Mama sein ... Schlecht hat sie ausg'seh'n heuer zu Weihnachten ... Na, jetzt wird die Kränkung schon überwunden sein. Ich an ihrer Stelle wär' froh, daß der Papa in Pension gegangen ist. – Und die Klara wird schon noch einen Mann kriegen ... Der Onkel kann schon was hergeben ... Achtundzwanzig Jahr, das ist doch nicht so alt ... Die Steffi ist sicher nicht jünger ... Aber es ist merkwürdig: *die* Frauenzimmer erhalten sich länger jung. Wenn man so bedenkt: die Maretti neulich in der »Madame Sans-Gêne« – siebenunddreißig Jahr ist sie sicher, und sieht aus ... Na, ich hätt' nicht Nein g'sagt! – Schad', daß sie mich nicht g'fragt hat ...

Heiß wird's! Noch immer nicht aus? Ah, ich freu' mich so

auf die frische Luft! Werd' ein bißl spazieren geh'n, übern Ring ... Heut' heißt's: früh ins Bett, morgen nachmittag frisch sein! Komisch, wie wenig ich daran denk', so egal ist mir das! Das erstemal hat's mich doch ein bißl aufgeregt. Nicht, daß ich Angst g'habt hätt'; aber nervös bin ich gewesen in der Nacht vorher ... Freilich, der Oberleutnant Bisanz war ein ernster Gegner. – Und doch, nichts ist mir g'scheh'n! ... Auch schon anderthalb Jahr her. Wie die Zeit vergeht! Und wenn mir der Bisanz nichts getan hat, der Doktor wird mir schon gewiß nichts tun! Obzwar, gerade diese ungeschulten Fechter sind manchmal die gefährlichsten. Der Doschintzky hat mir erzählt, daß ihn ein Kerl, der das erstemal einen Säbel in der Hand gehabt hat, auf ein Haar abgestochen hätt'; und der Doschintzky ist heut Fechtlehrer bei der Landwehr. Freilich – ob er damals schon so viel können hat ... Das Wichtigste ist: kaltes Blut. Nicht einmal einen rechten Zorn hab' ich mehr in mir, und es war doch eine Frechheit – unglaublich! Sicher hätt' er sich's nicht getraut, wenn er nicht Champagner getrunken hätt' vorher ... So eine Frechheit! Gewiß ein Sozialist! Die Rechtsverdreher sind doch heutzutag' alle Sozialisten! Eine Bande ... am liebsten möchten sie gleich 's ganze Militär abschaffen; aber wer ihnen dann helfen möcht', wenn die Chinesen über die kommen, daran denken sie nicht. Blödisten! – Man muß gelegentlich ein Exempel statuieren. Ganz recht hab' ich g'habt. Ich bin froh, daß ich ihn nimmer auslassen hab' nach der Bemerkung. Wenn ich dran denk', werd' ich ganz wild! Aber ich hab' mich famos benommen; der Oberst sagt auch, es war absolut korrekt. Wird mir überhaupt nützen, die Sache. Ich kenn' manche, die den Burschen hätten durchschlüpfen lassen. Der Müller sicher, der wär' wieder objektiv gewesen oder so was. Mit dem Objektivsein hat sich noch jeder blamiert ... »Herr Leutnant!« ... schon die Art, wie er »Herr Leutnant« gesagt hat, war unverschämt! ... »Sie werden mir doch zugeben müssen« ... – Wie sind wir denn nur d'rauf gekommen? Wieso hab' ich mich mit dem Sozialisten in ein Gespräch eingelassen? Wie hat's denn nur angefangen? ... Mir scheint, die schwarze Frau, die ich zum Büfett geführt hab', ist auch dabei gewesen ... und dann dieser junge Mensch, der die Jagdbilder malt – wie heißt er denn nur? ... Meiner Seel', der ist an der ganzen Geschichte schuld gewesen! Der hat von den Manövern geredet; und dann erst ist dieser Doktor dazugekommen und hat irgendwas g'sagt, was mir nicht gepaßt hat, von Kriegsspielerei oder so was – aber wo ich noch nichts hab' reden können ... Ja, und dann ist von den Kadettenschulen gesprochen worden ... ja, so war's ... und ich hab' von einem patriotischen Fest erzählt ... und dann hat der Doktor gesagt – nicht gleich, aber aus dem Fest hat es sich entwickelt – »Herr Leutnant, Sie werden mir doch zugeben, daß nicht alle Ihre Kameraden zum Militär gegangen sind, ausschließlich um das Vaterland zu verteidigen!« So eine Frechheit! Das wagt so ein Mensch einem Offizier ins Gesicht zu sagen! Wenn ich mich nur erinnern könnt', was ich d'rauf geantwortet hab'? ... Ah ja, etwas von Leuten, die sich in Dinge dreinmengen, von denen sie nichts versteh'n ... Ja, richtig ... und dann war einer da, der hat die Sache gütlich beilegen wollen, ein älterer Herr mit einem Stockschnupfen ... Aber ich war zu wütend! Der Doktor hat das absolut in dem Ton gesagt, als wenn er direkt mich gemeint hätt'. Er hätt' nur noch sagen müssen, daß sie mich aus dem Gymnasium hinausg'schmissen haben, und daß ich deswegen in die Kadettenschul' gesteckt worden bin ... Die Leut' können eben unserein'n nicht versteh'n, sie sind zu dumm dazu ... Wenn ich mich so erinner', wie ich das erstemal den Rock angehabt hab', so was erlebt eben nicht ein jeder ... Im vorigen Jahr bei den

Manövern – ich hätt' was drum gegeben, wenn's plötzlich Ernst gewesen wär' ... Und der Mirovic hat mir g'sagt, es ist ihm ebenso gegangen. Und dann, wie Seine Hoheit die Front abgeritten sind, und die Ansprache vom Obersten – da muß einer schon ein ordentlicher Lump sein, wenn ihm das Herz nicht höher schlägt ... Und da kommt so ein Tintenfisch daher, der sein Lebtag nichts getan hat, als hinter den Büchern gesessen, und erlaubt sich eine freche Bemerkung! ... Ah, wart' nur, mein Lieber – bis zur Kampfunfähigkeit ... jawohl, du sollst so kampfunfähig werden ...

Ja, was ist denn? Jetzt muß es doch bald aus sein? ... »Ihr, seine Engel, lobet den Herrn« ... – Freilich, das ist der Schlußchor ... Wunderschön, da kann man gar nichts sagen. Wunderschön! – Jetzt hab' ich ganz die aus der Loge vergessen, die früher zu kokettieren angefangen hat. Wo ist sie denn? ... Schon fortgegangen ... Die dort scheint auch sehr nett zu sein ... Zu dumm, daß ich keinen Operngucker bei mir hab'! Der Brunnthaler ist ganz gescheit, der hat sein Glas immer im Kaffeehaus bei der Kassa liegen, da kann einem nichts g'scheh'n ... Wenn sich die Kleine da vor mir nur *ein*mal umdreh'n möcht'! So brav sitzt s' alleweil da. Das neben ihr ist sicher die Mama. – Ob ich nicht doch einmal ernstlich ans Heiraten denken soll? Der Willy war nicht älter als ich, wie er hineingesprungen ist. Hat schon was für sich, so immer gleich ein hübsches Weiberl zu Haus vorrätig zu haben ... Zu dumm, daß die Steffi grad heut' keine Zeit hat! Wenn ich wenigstens wüßte, wo sie ist, möcht' ich mich wieder vis-a-vis von ihr hinsetzen. Das wär' eine schöne G'schicht', wenn ihr der draufkommen möcht', da hätt' *ich* sie am Hals ... Wenn ich so denk', was dem Fließ sein Verhältnis mit der Winterfeld kostet! Und dabei betrügt sie ihn hinten und vorn. Das nimmt noch einmal ein Ende mit Schrecken ... Bravo, bravo! Ah, aus! ... So, das tut wohl, aufsteh'n können, sich rühren ... Na, vielleicht! Wie lang' wird der da noch brauchen, um sein Glas ins Futteral zu stecken?

»Pardon, pardon, wollen mich nicht hinauslassen?«

Ist das ein Gedränge! Lassen wir die Leut' lieber vorbeipassieren ... Elegante Person ... ob das echte Brillanten sind? ... Die da ist nett ... Wie sie mich anschaut! ... O ja, mein Fräulein, ich möcht' schon! ... O, die Nase! – Jüdin ... Noch eine ... Es ist doch fabelhaft, da sind auch die Hälfte Juden ... nicht einmal ein Oratorium kann man mehr in Ruhe genießen ... So, jetzt schließen wir uns an ... Warum drängt denn der Idiot hinter mir? Das werd' ich ihm abgewöhnen ... Ah, ein älterer Herr! ... Wer grüßt mich denn dort von drüben? ... Habe die Ehre, habe die Ehre! Keine Ahnung hab' ich, wer das ist ... das Einfachste wär', ich ging gleich zum Leidinger hinüber nachtmahlen ... oder soll ich in die Gartenbaugesellschaft? Am End' ist die Steffi auch dort? Warum hat sie mir eigentlich nicht geschrieben, wohin sie mit ihm geht? Sie wird's selber noch nicht gewußt haben. Eigentlich schrecklich, so eine abhängige Existenz ... Armes Ding! – So, da ist der Ausgang ... Ah, die ist aber bildschön! Ganz allein? Wie sie mich anlacht. Das wär' eine Idee, der geh' ich nach! ... So, jetzt die Treppen hinunter... Oh, ein Major von Fünfundneunzig ... Sehr liebenswürdig hat er gedankt ... Bin doch nicht der einzige Offizier hier gewesen ... Wo ist denn das hübsche Mädel? Ah, dort ... am Geländer steht sie ... So, jetzt heißt's noch zur Garderobe ... Daß mir die Kleine nicht auskommt ... Hat ihm schon! So ein elender Fratz! Laßt sich da von einem Herrn abholen, und jetzt lacht sie noch auf mich herüber! – Es ist doch keine was wert ... Herrgott, ist das ein Gedränge bei der Garderobe! ... Warten wir lieber noch ein bissel ... So! Ob der Blödist meine Nummer nehmen möcht'? ...

»Sie, zweihundertvierundzwanzig! Da hängt er! Na, hab'n Sie keine Augen? Da hängt er! Na, Gott sei Dank! … Also bitte!« … Der Dicke da verstellt einem schier die ganze Garderobe … »Bitte sehr!« …

»Geduld, Geduld!« Was sagt der Kerl?

»Nur ein bissel Geduld!«

Dem muß ich doch antworten … »Machen Sie doch Platz!«

»Na, Sie werden's auch nicht versäumen!«

Was sagt er da? Sagt er das zu mir? Das ist doch stark! Das darf ich mir nicht gefallen lassen! »Ruhig!«

»Was meinen Sie?«

Ah, so ein Ton? Da hört sich doch alles auf!

»Stoßen Sie nicht!«

»Sie, halten Sie das Maul!« Das hätt' ich nicht sagen sollen, ich war zu grob … Na, jetzt ist's schon g'scheh'n!

»Wie meinen?«

Jetzt dreht er sich um … Den kenn' ich ja! – Donnerwetter, das ist ja der Bäckermeister, der immer ins Kaffeehaus kommt… Was macht denn der da? Hat sicher auch eine Tochter oder so was bei der Singakademie … Ja, was ist denn das? Ja, was macht er denn? Mir scheint gar … ja, meiner Seel', er hat den Griff von meinem Säbel in der Hand … Ja, ist der Kerl verrückt? … »Sie Herr …«

»Sie, Herr Leutnant, sein S' jetzt ganz stad.«

Was sagt er da? Um Gottes willen, es hat's doch keiner gehört? Nein, er red't ganz leise … Ja, warum laßt er denn meinen Säbel net aus? … Herrgott noch einmal … Ah, da heißt's rabiat sein … ich bring' seine Hand vom Griff nicht weg … nur keinen Skandal jetzt! … Ist nicht am End' der Major hinter mir? … Bemerkt's nur niemand, daß er den Griff von meinem Säbel hält? Er red't ja zu mir! Was red't er denn?

»Herr Leutnant, wenn Sie das geringste Aufsehen machen, so zieh' ich den Säbel aus der Scheide, zerbrech' ihn und schick' die Stück' an Ihr Regimentskommando. Versteh'n Sie mich, Sie dummer Bub?«

Was hat er g'sagt? Mir scheint, ich träum'! Red't er wirklich zu mir? Ich sollt' was antworten ... Aber der Kerl macht ja Ernst – der zieht wirklich den Säbel heraus. Herrgott – er tut's! ... Ich spür's, er reißt schon dran. Was red't er denn? ... Um Gottes willen, nur kein' Skandal – – Was red't er denn noch immer?

»Aber ich will Ihnen die Karriere nicht verderben ... Also, schön brav sein! ... So, hab'n S' keine Angst, 's hat niemand was gehört ... es ist schon alles gut ... so! Und damit keiner glaubt, daß wir uns gestritten haben, werd' ich jetzt sehr freundlich mit Ihnen sein! – Habe die Ehre, Herr Leutnant, hat mich sehr gefreut – habe die Ehre.«

Um Gottes willen, hab' ich geträumt? ... Hat er das wirklich gesagt? ... Wo ist er denn? ... Da geht er ... Ich müßt' ja den Säbel ziehen und ihn zusammen hauen – – Um Gottes willen, es hat's doch niemand gehört? ... Nein, er hat ja nur ganz leise geredet, mir ins Ohr ... Warum geh' ich denn nicht hin und hau' ihm den Schädel auseinander? ... Nein, es geht ja nicht, es geht ja nicht ... gleich hätt' ich's tun müssen ... Warum hab' ich's denn nicht gleich getan? ... Ich hab's ja nicht können ... er hat ja den Griff nicht auslassen, und er ist zehnmal stärker als ich ... Wenn ich noch ein Wort gesagt hätt', hätt' er mir wirklich den Säbel zerbrochen ... Ich muß ja noch froh sein, daß er nicht laut geredet hat! Wenn's ein Mensch gehört hätt', so müßt' ich mich ja *stante pede* erschießen ... Vielleicht ist es doch ein Traum gewesen ... Warum schaut mich denn der Herr dort an der Säule so an? – hat der am End' was gehört? ... Ich werd' ihn fragen ... Fragen? – Ich bin ja verrückt! – Wie schau' ich denn aus? –

Merkt man mir was an? – Ich muß ganz blaß sein. – Wo ist der Hund? … Ich muß ihn umbringen! … Fort ist er … Überhaupt schon ganz leer … Wo ist denn mein Mantel? … Ich hab' ihn ja schon angezogen … Ich hab's gar nicht gemerkt … Wer hat mir denn geholfen? … Ah, der da … dem muß ich ein Sechserl geben … So! … Aber was ist denn das? Ist es denn wirklich gescheh'n? Hat wirklich einer so zu mir geredet? Hat mir wirklich einer »dummer Bub« gesagt? Und ich hab' ihn nicht auf der Stelle zusammengehauen? … Aber ich hab' ja nicht können … er hat ja eine Faust gehabt wie Eisen … ich bin ja dagestanden wie angenagelt … Nein, ich muß den Verstand verloren gehabt haben, sonst hätt' ich mit der anderen Hand … Aber da hätt' er ja meinen Säbel herausgezogen und zerbrochen, und aus wär's gewesen – alles wär' aus gewesen! Und nachher, wie er fortgegangen ist, war's zu spät … ich hab' ihm doch nicht den Säbel von hinten in den Leib rennen können.

Was, ich bin schon auf der Straße? Wie bin ich denn da herausgekommen? – So kühl ist es … ah, der Wind, der ist gut … Wer ist denn das da drüben? Warum schau'n denn die zu mir herüber? Am Ende haben die was gehört … Nein, es kann niemand was gehört haben … ich weiß ja, ich hab' mich gleich nachher umgeschaut! Keiner hat sich um mich gekümmert, niemand hat was gehört … Aber gesagt hat er's, wenn's auch niemand gehört hat; gesagt hat er's doch. Und ich bin dagestanden und hab' mir's gefallen lassen, wie wenn mich einer vor den Kopf geschlagen hätt'! … Aber ich hab' ja nichts sagen können, nichts tun können; es war ja noch das einzige, was mir übrig geblieben ist: stad sein, stad sein! … 's ist fürchterlich, es ist nicht zum Aushalten; ich muß ihn totschlagen, wo ich ihn treff'! … Mir sagt das einer! Mir sagt das so ein Kerl, so ein Hund! Und er kennt mich … Herrgott noch einmal, er kennt mich, er weiß, wer ich bin!

… Er kann jedem Menschen erzählen, daß er mir das g'sagt hat! … Nein, nein, das wird er ja nicht tun, sonst hätt' er auch nicht so leise geredet … er hat auch nur wollen, daß ich es allein hör'! … Aber wer garantiert mir, daß er's nicht doch erzählt, heut' oder morgen, seiner Frau, seiner Tochter, seinen Bekannten im Kaffeehaus. – – Um Gottes willen, morgen seh' ich ihn ja wieder! Wenn ich morgen ins Kaffeehaus komm', sitzt er wieder dort wie alle Tag' und spielt seinen Tapper mit dem Herrn Schlesinger und mit dem Kunstblumenhändler … Nein, nein, das geht ja nicht, das geht ja nicht … Wenn ich ihn seh', so hau' ich ihn zusammen … Nein, das darf ich ja nicht … gleich hätt' ich's tun müssen, gleich! … Wenn's nur gegangen wär'! Ich werd' zum Obersten geh'n und ihm die Sache melden … ja, zum Obersten … Der Oberst ist immer sehr freundlich – und ich werd' ihm sagen: Herr Oberst, ich melde gehorsamst, er hat den Griff gehalten, er hat ihn nicht aus'lassen; es war genau so, als wenn ich ohne Waffe gewesen wäre … – Was wird der Oberst sagen? – Was er sagen wird? – Aber da gibt's ja nur eins: quittieren mit Schimpf und Schand' – quittieren! … Sind das Freiwillige da drüben? … Ekelhaft, bei der Nacht schau'n sie aus, wie Offiziere … sie salutieren! – Wenn die wüßten – wenn die wüßten! … – Da ist das Café Hochleitner … Sind jetzt gewiß ein paar Kameraden drin … vielleicht auch einer oder der andere, den ich kenn' … Wenn ich's dem ersten Besten erzählen möcht', aber so, als wär's einem andern passiert? … – Ich bin ja schon ganz irrsinnig … Wo lauf' ich denn da herum? Was tu' ich denn auf der Straße? – Ja, aber wo soll ich denn hin? Hab' ich nicht zum Leidinger wollen? Haha, unter Menschen mich niedersetzen … ich glaub', ein jeder müßt' mir's anseh'n … Ja, aber irgendwas muß doch gescheh'n … Was soll denn gescheh'n? … Nichts, nichts – es hat ja niemand was gehört … es weiß ja niemand was ... in dem Moment weiß niemand was ... Wenn ich jetzt zu ihm in die Wohnung ginge und ihn beschwören möchte, daß er's niemandem erzählt? ... – Ah, lieber gleich eine Kugel vor den Kopf, als so was! ... Wär' so das Gescheiteste! ... Das Gescheiteste? Das Gescheiteste? – Gibt ja überhaupt nichts anderes ... gibt nichts anderes ... Wenn ich den Oberst fragen möcht', oder den Kopetzky – oder den Blany – oder den Friedmair: – jeder möcht' sagen: Es bleibt dir nichts anderes übrig! ... Wie wär's, wenn ich mit dem Kopetzky spräch'? ... Ja, es wär' doch das Vernünftigste ... schon wegen morgen ... Ja, natürlich – wegen morgen ... um vier in der Reiterkasern' ... ich soll mich ja morgen um vier Uhr schlagen ... und ich darf's ja nimmer, ich bin satisfaktionsunfähig ... Unsinn! Unsinn! Kein Mensch weiß was, kein Mensch weiß was! – Es laufen viele herum, denen ärgere Sachen passiert sind, als mir ... Was hat man nicht alles von dem Deckener erzählt, wie er sich mit dem Rederow geschossen hat ... und der Ehrenrat hat entschieden, das Duell darf stattfinden ... Aber wie möcht' der Ehrenrat bei mir entscheiden? – Dummer Bub – dummer Bub ... und ich bin dagestanden –! heiliger Himmel, es ist doch ganz egal, ob ein anderer was weiß! ... *ich* weiß es doch, und das ist die Hauptsache! *Ich* spür', daß ich jetzt wer anderer bin, als vor einer Stunde – *Ich* weiß, daß ich satisfaktionsunfähig bin, und darum muß ich mich totschießen ... Keine ruhige Minute hätt' ich mehr im Leben ... immer hätt' ich die Angst, daß es doch einer erfahren könnt', so oder so ... und daß mir's einer einmal ins Gesicht sagt, was heut' abend gescheh'n ist! – Was für ein glücklicher Mensch bin ich vor einer Stund' gewesen ... Muß mir der Kopetzky die Karte schenken – und die Steffi muß mir absagen, das Mensch! – Von so was hängt man ab ... Nachmittag war noch alles gut und schön, und jetzt bin ich ein verlorener Mensch und muß mich totschießen ... Warum renn' ich denn so? Es lauft mir ja nichts davon ... Wieviel schlagt's denn? ... 1, 2, 3, 4, 5, 6, 7, 8, 9, 10, 11 ... elf, elf ... ich sollt' doch nachtmahlen geh'n! Irgendwo muß ich doch schließlich hingeh'n ... ich könnt' mich ja in irgendein Beisl setzen, wo mich kein Mensch kennt – schließlich, essen muß der Mensch, auch wenn er sich nachher gleich totschießt ... Haha, der Tod ist ja kein Kinderspiel ... wer hat das nur neulich gesagt? ... Aber das ist ja ganz egal ...

Ich möcht' wissen, wer sich am meisten kränken möcht'? ... die Mama, oder die Steffi? ... die Steffi ... Gott, die Steffi ... die dürft' sich ja nicht einmal was anmerken lassen, sonst gibt »er« ihr den Abschied ... Arme Person! – Beim Regiment – kein Mensch hätt' eine Ahnung, warum ich's getan hab' ... sie täten sich alle den Kopf zerbrechen ... warum hat sich denn der Gustl umgebracht? – Darauf möcht' keiner kommen, daß ich mich hab' totschießen müssen, weil ein elender Bäckermeister, so ein niederträchtiger, der zufällig stärkere Fäust' hat ... es ist ja zu dumm, zu dumm! – Deswegen soll ein Kerl wie ich, so ein junger, fescher Mensch ... Ja, nachher möchten's gewiß alle sagen: das hätt' er doch nicht tun müssen, wegen so einer Dummheit; ist doch schad'! ... Aber wenn ich jetzt wen immer fragen tät', jeder möcht' mir die gleiche Antwort geben ... und ich selber, wenn ich mich frag' ... das ist doch zum Teufelholen ... ganz wehrlos sind wir gegen die Zivilisten ... Da meinen die Leut', wir sind besser dran, weil wir einen Säbel haben ... und wenn schon einmal einer von der Waffe Gebrauch macht, geht's über uns her, als wenn wir alle die geborenen Mörder wären ... In der Zeitung möcht's auch steh'n: ... »Selbstmord eines jungen Offiziers« ... Wie schreiben sie nur immer? ... »Die Motive sind in Dunkel gehüllt« ... Haha! ... »An seinem Sarge trauern« ... – Aber es ist ja wahr ... mir ist immer, als wenn ich mir eine Geschichte erzählen möcht' ... aber es ist wahr ... ich muß mich umbringen, es bleibt mir ja nichts anderes übrig – ich kann's ja nicht drauf ankommen lassen, daß morgen früh der Kopetzky und der Blany mir ihr Mandat zurückgeben und mir sagen: wir können dir nicht sekundieren! ... Ich wär' ja ein Schuft, wenn ich's ihnen zumuten möcht' ... So ein Kerl wie ich, der dasteht und sich einen dummen Buben heißen läßt ... morgen wissen's ja alle Leut' ... das ist zu dumm, daß ich mir einen Moment einbilde, so ein Mensch erzählt's nicht weiter ... überall wird er's erzählen ... seine Frau weiß's jetzt schon ... morgen weiß es das ganze Kaffeehaus ... die Kellner werd'n's wissen ... der Herr Schlesinger – die Kassierin – – Und selbst wenn er sich vorgenommen hat, er red't nicht davon, so sagt er's übermorgen ... und wenn er's übermorgen nicht sagt, in einer Woche ... Und wenn ihn heut nacht der Schlag trifft, so weiß ich's ... ich weiß es ... und ich bin nicht der Mensch, der weiter den Rock trägt und den Säbel, wenn ein solcher Schimpf auf ihm sitzt! ... So, ich muß es tun, und Schluß! – Was ist weiter dabei? – Morgen nachmittag könnt' mich der Doktor mit 'm Säbel erschlagen ... so was ist schon einmal dagewesen ... und der Bauer, der arme Kerl, der hat eine Gehirnentzündung 'kriegt und war in drei Tagen hin ... und der Brenitsch ist vom Pferd gestürzt und hat sich 's Genick gebrochen ... und schließlich und endlich: es gibt nichts anderes – für mich nicht, für mich nicht! – Es gibt ja Leut', die's leichter nähmen ... Gott, was gibt's für Menschen! ... Dem Ringeimer hat ein Fleischselcher, wie er ihn mit seiner Frau erwischt hat, eine Ohrfeige gegeben, und er hat quittiert und sitzt irgendwo auf'm Land und hat geheiratet ... Daß es Weiber gibt, die so einen Menschen heiraten! ... – Meiner Seel', ich gäb' ihm nicht die Hand, wenn er wieder nach Wien käm' ... Also, hast's gehört, Gustl: – aus, aus, abgeschlossen mit dem Leben! Punktum und Streusand drauf! ... So, jetzt weiß ich's, die Geschichte ist ganz einfach ... So! Ich bin eigentlich ganz ruhig ... Das hab' ich übrigens immer gewußt: wenn's einmal dazu kommt, werd' ich ruhig sein, ganz ruhig ... aber daß es so dazu kommt, das hab' ich doch nicht gedacht ... daß ich mich umbringen muß, weil so ein ... Vielleicht hab' ich ihn doch nicht recht verstanden ... am End' hat er ganz was anderes gesagt ... Ich war ja ganz blöd von der Singerei und der Hitz' ... vielleicht bin ich verrückt gewesen, und es ist alles gar nicht wahr? ... Nicht wahr, haha, nicht wahr! – Ich hör's ja noch ... es klingt mir noch immer im Ohr ... und ich spür's in den Fingern, wie ich seine Hand vom Säbelgriff hab' wegbringen wollen ... Ein Kraftmensch ist er, ein Jagendorfer ... Ich bin doch auch kein Schwächling ... der Franziski ist der einzige im Regiment, der stärker ist als ich ...

Die Aspernbrücke ... Wie weit renn' ich denn noch? – Wenn ich so weiterrenn', bin ich um Mitternacht in Kagran ... Haha! – Herrgott, froh sind wir gewesen, wie wir im vorigen September dort eingerückt sind. Noch zwei Stunden, und Wien ... todmüd' war ich, wie wir angekommen sind ... den ganzen Nachmittag hab' ich geschlafen wie ein Stock, und am Abend waren wir schon beim Ronacher ... der Kopetzky, der Ladinser und ... wer war denn nur noch mit uns? – Ja, richtig, der Freiwillige, der uns auf dem Marsch die jüdischen Anekdoten erzählt hat ... Manchmal sind's ganz nette Burschen, die Einjährigen ... aber sie sollten alle nur Stellvertreter werden – denn was hat das für einen Sinn? Wir müssen uns jahrelang plagen, und so ein Kerl dient ein Jahr und hat genau dieselbe Distinktion wie wir ... es ist eine Ungerechtigkeit! – Aber was geht mich denn das alles an? – Was scher' ich mich denn um solche Sachen? – Ein Gemeiner von der Verpflegsbranche ist ja jetzt mehr als ich ... ich bin ja überhaupt nicht mehr auf der Welt ... es ist ja aus mit mir ... Ehre verloren, alles verloren! ... Ich hab' ja nichts anderes zu tun, als meinen Revolver zu laden und ... Gustl, Gustl, mir scheint, du glaubst noch immer nicht recht dran? Komm' nur zur Besinnung ... es gibt nichts anderes ... wenn du auch dein Gehirn zermarterst, es gibt nichts anderes! – Jetzt heißt's nur mehr, im letzten Moment sich anständig benehmen, ein Mann sein, ein Offizier sein, so daß der Oberst sagt: Er ist ein braver Kerl gewesen, wir werden ihm ein treues Angedenken bewahren! ... Wieviel Kompagnien rükken denn aus beim Leichenbegängnis von einem Leutnant? ... Das müßt' ich eigentlich wissen ... Haha! wenn das ganze Bataillon ausrückt, oder die ganze Garnison, und sie feuern zwanzig Salven ab, davon wach' ich doch nimmer auf! – Vor dem Kaffeehaus, da bin ich im vorigen Sommer einmal mit dem Herrn von Engel gesessen, nach der Armee-Steeple-Chase ... Komisch, den Menschen hab' ich seitdem nie wieder geseh'n ... Warum hat er denn das linke Aug' verbunden gehabt? Ich hab' ihn immer drum fragen wollen, aber es hätt' sich nicht gehört ... Da geh'n zwei Artilleristen ... die denken gewiß, ich steig' der Person nach ... Muß sie mir übrigens anseh'n ... O schrecklich! – Ich möcht' nur wissen, wie sich so eine ihr Brot verdient ... da möcht' ich doch eher ... Obzwar in der Not frißt der Teufel Fliegen ... in Przemysl – mir hat's nachher so gegraut, daß ich gemeint hab', nie wieder rühr' ich ein Frauenzimmer an ... Das war eine gräßliche Zeit da oben in Galizien ... eigentlich ein Mordsglück, daß wir nach Wien gekommen sind. Der Bokorny sitzt noch immer in Sambor und kann noch zehn Jahr dort sitzen und alt und grau werden ... Aber wenn ich dort geblieben wär', wär' mir das nicht passiert, was mir heut passiert ist ... und ich möcht' lieber in Galizien alt und grau werden, als daß ... als was? als was? – Ja, was ist denn? was ist denn? – Bin ich denn wahnsinnig, daß ich das immer vergeß'? – Ja, meiner Seel', vergessen tu' ich's jeden Moment ... ist das schon je erhört worden, daß sich einer in ein paar Stunden eine Kugel durch'n Kopf jagen muß, und er denkt an alle möglichen Sachen, die ihn gar nichts mehr angeh'n? Meiner Seel', mir ist geradeso, als wenn ich einen Rausch hätt'! Haha! ein schöner Rausch! ein Mordsrausch! ein Selbstmordsrausch! – Ha! Witze mach' ich, das ist sehr gut! – Ja, ganz gut aufgelegt bin ich – so was muß doch angeboren sein ... Wahrhaftig, wenn ich's einem erzählen möcht', er würd' es nicht glauben. – Mir scheint, wenn ich das Ding bei mir hätt' ... jetzt würd' ich abdrücken – in einer Sekunde ist alles vorbei ... Nicht jeder hat's so gut – andere müssen sich monatelang plagen ... meine arme Cousin', zwei Jahr ist sie gelegen, hat sich nicht rühren können, hat die gräßlichsten Schmerzen g'habt – so ein Jammer! ... Ist es nicht besser, wenn man das selber besorgt? Nur Obacht geben heißt's, gut zielen, daß einem nicht am End' das Malheur passiert, wie dem Kadett-Stellvertreter im vorigen Jahr ... Der arme Teufel, gestorben ist er nicht, aber blind ist er geworden ... Was mit dem nur geschehen ist? Wo er jetzt lebt? – Schrecklich, so herumlaufen, wie der – das heißt: herumlaufen kann er nicht, g'führt muß er werden – so ein junger Mensch, kann heut noch keine Zwanzig sein ... seine Geliebte hat er besser getroffen ... gleich war sie tot ... Unglaublich, weswegen sich die Leut' totschießen! Wie kann man überhaupt nur eifersüchtig sein? ... Mein Lebtag hab' ich so was nicht gekannt ... Die Steffi ist jetzt gemütlich in der Gartenbaugesellschaft; dann geht sie mit »ihm« nach Haus ... Nichts liegt mir dran, gar nichts! Hübsche Einrichtung hat sie – das kleine Badezimmer mit der roten Latern'. – Wie sie neulich in dem grünseidenen Schlafrock hereingekommen ist ... den grünen Schlafrock werd' ich auch nimmer seh'n – und die ganze Steffi auch nicht … und die schöne, breite Treppe in der Gußhausstraße werd' ich auch nimmer hinaufgeh'n … Das Fräulein Steffi wird sich weiter amüsieren, als wenn gar nichts gescheh'n wär' … nicht einmal erzählen darf sie's wem, daß ihr lieber Gustl sich umgebracht hat … Aber weinen wird's schon – ah ja, weinen wird's … Überhaupt, weinen werden gar viele Leut' … Um Gottes willen, die Mama! – Nein, nein, daran darf ich nicht denken. – Ah, nein, daran darf absolut nicht gedacht werden … An Zuhaus wird nicht gedacht, Gustl, verstanden? – nicht mit dem allerleisesten Gedanken …

Das ist nicht schlecht, jetzt bin ich gar im Prater … mitten in der Nacht … das hätt' ich mir auch nicht gedacht in der Früh, daß ich heut' nacht im Prater spazieren geh'n werd' … Was sich der Sicherheitswachmann dort denkt? … Na, geh'n wir nur weiter … es ist ganz schön … Mit'm Nachtmahlen ist's eh' nichts, mit dem Kaffeehaus auch nichts; die Luft ist angenehm, und ruhig ist es … sehr … Zwar, ruhig werd' ich's jetzt bald haben, so ruhig, als ich's mir nur wünschen kann. Haha! – aber ich bin ja ganz außer Atem … ich bin ja gerannt wie nicht g'scheit … langsamer, langsamer, Gustl, versäumst nichts, hast gar nichts mehr zu tun – gar nichts, aber absolut nichts mehr! – Mir scheint gar, ich fröstel'? – Es wird halt doch die Aufregung sein … dann hab' ich ja nichts gegessen … Was riecht denn da so eigentümlich? … es kann doch noch nichts blühen? … Was haben wir denn heut'? – den vierten April … freilich, es hat viel geregnet in den letzten Tagen … aber die Bäume sind beinah' noch ganz kahl … und dunkel ist es, hu! man könnt' schier Angst kriegen … Das ist eigentlich das einzigemal in meinem Leben, daß ich Furcht gehabt hab', als kleiner Bub, damals im Wald … aber ich war ja gar nicht so klein … vierzehn oder fünfzehn … Wie lang ist das jetzt her? – neun

Jahr' … freilich – mit achtzehn war ich Stellvertreter, mit zwanzig Leutnant … und im nächsten Jahr werd' ich … Was werd ich im nächsten Jahr? Was heißt das überhaupt: nächstes Jahr? Was heißt das: in der nächsten Woche? Was heißt das: übermorgen? … Wie? Zähneklappern? Oho! – Na lassen wir's nur ein bissel klappern … Herr Leutnant, Sie sind jetzt allein, brauchen niemandem einen Pflanz vorzumachen … es ist bitter, es ist bitter …

Ich will mich auf die Bank setzen … Ah! – wie weit bin ich denn da? – So eine Dunkelheit! Das da hinter mir, das muß das zweite Kaffeehaus sein … bin ich im vorigen Sommer auch einmal gewesen, wie unsere Kapelle konzertiert hat … mit'm Kopetzky und mit'm Rüttner – noch ein paar waren dabei … – Ich bin aber müd' … nein, ich bin müd', als wenn ich einen Marsch von zehn Stunden gemacht hätt' … Ja, das wär' sowas, da einschlafen. – Ha! ein obdachloser Leutnant … Ja, ich sollt' doch eigentlich nach Haus … was tu' ich denn zu Haus? aber was tu' ich denn im Prater? – Ah, mir wär' am liebsten, ich müßt' gar nicht aufsteh'n – da einschlafen und nimmer aufwachen … ja, das wär' halt bequem! – Nein, so bequem wird's Ihnen nicht gemacht, Herr Leutnant … Aber wie und wann? – Jetzt könnt' ich mir doch endlich einmal die Geschichte ordentlich überlegen … überlegt muß ja alles werden … so ist es schon einmal im Leben … Also überlegen wir … Was denn? … – Nein, ist die Luft gut … man sollt' öfters bei der Nacht in' Prater geh'n … Ja, das hätt' mir eben früher einfallen müssen, jetzt ist's aus mit'm Prater, mit der Luft und mit'm Spazierengeh'n … Ja, also was ist denn? – Ah, fort mit dem Kappl; mir scheint, das drückt mir aufs Gehirn … ich kann ja gar nicht ordentlich denken … Ah … so! … also jetzt Verstand zusammennehmen, Gustl … letzte Verfügungen treffen! Also morgen früh wird Schluß gemacht … morgen früh um sieben Uhr … sieben Uhr ist eine schöne Stund'. Haha! – also um acht, wenn die Schul' anfangt, ist alles vorbei … der Kopetzky wird aber keine Schul' halten können, weil er zu sehr erschüttert sein wird … Aber vielleicht weiß er's noch gar nicht … man braucht ja nichts zu hören … Den Max Lippay haben sie auch erst am Nachmittag gefunden, und in der Früh hat er sich erschossen, und kein Mensch hat was davon gehört … Aber was geht mich das an, ob der Kopetzky Schul' halten wird oder nicht? … Ha! – also um sieben Uhr! – Ja … na, was denn noch? … Weiter ist ja nichts zu überlegen. Im Zimmer schieß' ich mich tot, und dann is basta! Montag ist die Leich' … Einen kenn' ich, der wird eine Freud' haben: das ist der Doktor … Duell kann nicht stattfinden wegen Selbstmord des einen Kombattanten … Was sie bei Mannheimers sagen werden? – Na, er wird sich nicht viel draus machen … aber die Frau, die hübsche, blonde … mit der war was zu machen … O ja, mir scheint, bei der hätt' ich Chance gehabt, wenn ich mich nur ein bissl zusammengenommen hätt' … ja, das wär' doch was anders gewesen, als die Steffi, dieses Mensch … Aber faul darf man halt nicht sein … da heißt's: Cour machen, Blumen schicken, vernünftig reden … das geht nicht so, daß man sagt: Komm' morgen nachmittag zu mir in die Kasern'! … Ja, so eine anständige Frau, das wär' halt was g'wesen … Die Frau von meinem Hauptmann in Przemysl, das war ja doch keine anständige Frau … ich könnt' schwören: der Libitzky und der Wermutek und der schäbige Stellvertreter, der hat sie auch g'habt … Aber die Frau Mannheimer … ja, das wär' was anders, das wär' doch auch ein Umgang gewesen, das hätt' einen beinah' zu einem andern Menschen gemacht – da hätt' man doch noch einen andern Schliff gekriegt – da hätt' man einen Respekt vor sich selber haben dürfen. – – Aber ewig diese Menscher … und so jung hab' ich ang'fangen – ein Bub war ich ja noch, wie ich damals den ersten Urlaub gehabt hab' und in Graz bei den Eltern zu Haus war ... der Riedl war auch dabei – eine Böhmin ist es gewesen ... die muß doppelt so alt gewesen sein wie ich – in der Früh bin ich erst nach Haus gekommen ... Wie mich der Vater ang'schaut hat ... und die Klara ... Vor der Klara hab' ich mich am meisten g'schämt ... Damals war sie verlobt ... warum ist denn nichts draus geworden? Ich hab' mich eigentlich nicht viel drum gekümmert ... Armes Hascherl, hat auch nie Glück gehabt – und jetzt verliert sie noch den einzigen Bruder ... Ja, wirst mich nimmer seh'n, Klara – aus! Was, das hast du dir nicht gedacht, Schwesterl, wie du mich am Neujahrstag zur Bahn begleitet hast, daß du mich nie wieder seh'n wirst? – und die Mama ... Herrgott, die Mama ... nein, ich darf daran nicht denken ... wenn ich daran denk', bin ich imstand, eine Gemeinheit zu begehen ... Ah ... wenn ich zuerst noch nach Haus fahren möcht' ... sagen, es ist ein Urlaub auf einen Tag ... noch einmal den Papa, die Mama, die Klara seh'n, bevor ich einen Schluß mach' ... Ja, mit dem ersten Zug um sieben kann ich nach Graz fahren, um eins bin ich dort ... Grüß dich Gott, Mama ... Servus, Klara! Na, wie geht's euch denn? ... Nein, das ist eine Überraschung! ... Aber sie möchten was merken ... wenn niemand anders ... die Klara ... die Klara gewiß ... Die Klara ist ein so gescheites Mädel ... Wie lieb sie mir neulich geschrieben hat, und ich bin ihr noch immer die Antwort schuldig – und die guten Ratschläge, die sie mir immer gibt ... ein so seelengutes Geschöpf ... Ob nicht alles ganz anders geworden wär', wenn ich zu Haus geblieben wär'? Ich hätt' Ökonomie studiert, wär' zum Onkel gegangen ... sie haben's ja alle wollen, wie ich noch ein Bub war ... Jetzt wär' ich am End' schon verheiratet, ein liebes, gutes Mädel ... vielleicht die Anna, die hat mich so gern gehabt ... auch jetzt hab' ich's noch gemerkt, wie ich das letztemal zu Haus war, obzwar sie schon einen Mann hat und zwei Kinder ... ich hab's g'sehn', wie sie mich ang'schaut hat ... Und noch immer sagt sie mir »Gustl« wie früher ... Der wird's ordentlich in die Glieder fahren, wenn sie erfährt, was es mit mir für ein End' genommen hat – aber ihr Mann wird sagen: Das hab' ich voraus gesehen – so ein Lump! – Alle werden meinen, es ist, weil ich Schulden gehabt hab' ... und es ist doch gar nicht wahr, es ist doch alles bezahlt ... nur die letzten hundertsechzig Gulden – na, und die sind morgen da ... Ja, dafür muß ich auch noch sorgen, daß der Ballert die hundertsechzig Gulden kriegt ... das muß ich niederschreiben, bevor ich mich erschieß' ... Es ist schrecklich, es ist schrecklich! ... Wenn ich lieber auf und davon fahren möcht' – nach Amerika, wo mich niemand kennt ... In Amerika weiß kein Mensch davon, was hier heut' abend gescheh'n ist ... da kümmert sich kein Mensch drum ... Neulich ist in der Zeitung gestanden von einem Grafen Runge, der hat fortmüssen wegen einer schmutzigen Geschichte, und jetzt hat er drüben ein Hotel und pfeift auf den ganzen Schwindel ... Und in ein paar Jahren könnt' man ja wieder zurück ... nicht nach Wien natürlich ... auch nicht nach Graz ... aber aufs Gut könnt' ich ... und der Mama und dem Papa und der Klara möchts doch tausendmal lieber sein, wenn ich nur lebendig blieb' ... Und was geh'n mich denn die andern Leut' an? Wer meint's denn sonst gut mit mir? – Außerm Kopetzky könnt' ich allen gestohlen werden ... der Kopetzky ist doch der einzige ... Und gerad der hat mir heut das Billett geben müssen ... und das Billett ist an allem schuld ... ohne das Billett wär' ich nicht ins Konzert gegangen, und alles das wär' nicht passiert ... Was ist denn nur passiert? ... Es ist grad', als wenn hundert Jahr seitdem vergangen wären, und es kann noch keine zwei Stunden sein ... Vor zwei Stunden hat mir einer »dummer

Bub« gesagt und hat meinen Säbel zerbrechen wollen ... Herrgott, ich fang' noch zu schreien an mitten in der Nacht! Warum ist denn das alles gescheh'n? Hätt' ich nicht länger warten können, bis ganz leer wird in der Garderobe? Und warum hab' ich ihm denn nur gesagt: »Halten Sie's Maul!« Wie ist mir denn das nur ausgerutscht? Ich bin doch sonst ein höflicher Mensch ... nicht einmal mit meinem Burschen bin ich sonst so grob ... aber natürlich, nervös bin ich gewesen – alle die Sachen, die da zusammengekommen sind ... das Pech im Spiel und die ewige Absagerei von der Steffi – und das Duell morgen nachmittag – und zu wenig schlafen tu' ich in der letzten Zeit – und die Rackerei in der Kasern' – das halt' man auf die Dauer nicht aus! ... Ja, über kurz oder lang wär' ich krank geworden – hätt' um einen Urlaub einkommen müssen ... Jetzt ist es nicht mehr notwendig – jetzt kommt ein langer Urlaub – mit Karenz der Gebühren – haha! ...

Wie lang werd' ich denn da noch sitzen bleiben? Es muß Mitternacht vorbei sein ... hab' ich's nicht früher schlagen hören? – Was ist denn das ... ein Wagen fährt da? Um die Zeit? Gummiradler – kann mir schon denken ... Die haben's besser wie ich – vielleicht ist es der Ballert mit der Berta ... Warum soll's grad' der Ballert sein? – Fahr' nur zu! – Ein hübsches Zeug'l hat Seine Hoheit in Pzremysl gehabt ... mit dem ist er immer in die Stadt hinuntergefahren zu der Rosenberg ... Sehr leutselig war Seine Hoheit – ein echter Kamerad, mit allen auf du und du ... War doch eine schöne Zeit ... obzwar ... die Gegend war trostlos und im Sommer zum verschmachten ... an einem Nachmittag sind einmal drei vom Sonnenstich getroffen worden ... auch der Korporal von meinem Zug – ein so verwendbarer Mensch ... Nachmittag haben wir uns nackt aufs Bett hingelegt. – Einmal ist plötzlich der Wiesner zu mir hereingekommen; ich muß grad' geträumt haben und steh' auf und zieh' den Säbel, der neben mir liegt ... muß gut ausg'schaut haben ... der Wiesner hat sich halb tot gelacht – der ist jetzt schon Rittmeister ... – Schad', daß ich nicht zur Kavallerie gegangen bin ... aber das hat der Alte nicht wollen – wär' ein zu teurer Spaß gewesen – jetzt ist es ja doch alles eins ... Warum denn? – Ja, ich weiß schon: sterben muß ich, darum ist es alles eins – sterben muß ich ... Also wie? – Schau, Gustl, du bist doch extra da herunter in den Prater gegangen, mitten in der Nacht, wo dich keine Menschenseele stört – jetzt kannst du dir alles ruhig überlegen ... Das ist ja lauter Unsinn mit Amerika und quittieren, und du bist ja viel zu dumm, um was anderes anzufangen – und wenn du hundert Jahr alt wirst, und du denkst dran, daß dir einer hat den Säbel zerbrechen wollen und dich einen dummen Buben geheißen, und du bist dag'standen und hast nichts tun können – nein, zu überlegen ist da gar nichts – gescheh'n ist gescheh'n – auch das mit der Mama und mit der Klara ist ein Unsinn – die werden's schon verschmerzen – man verschmerzt alles ... Wie hat die Mama gejammert, wie ihr Bruder gestorben ist – und nach vier Wochen hat sie kaum mehr dran gedacht ... auf den Friedhof ist sie hinausgefahren ... zuerst alle Wochen, dann alle Monat – und jetzt nur mehr am Todestag. – – Morgen ist mein Todestag – fünfter April. – – Ob sie mich nach Graz überführen? Haha! da werden die Würmer in Graz eine Freud' haben! – Aber das geht mich nichts an – darüber sollen sich die andern den Kopf zerbrechen ... Also, was geht mich denn eigentlich an? ... Ja, die hundertsechzig Gulden für den Ballert – das ist alles – weiter brauch ich keine Verfügungen zu treffen. – Briefe schreiben? Wozu denn? An wen denn? ... Abschied nehmen? – Ja, zum Teufel hinein, das ist doch deutlich genug, wenn man sich totschießt! – Dann merken's die andern schon, daß man Abschied genommen hat ... Wenn die Leut' wüßten, wie egal mir die ganze Geschichte ist, möchten sie mich gar nicht bedauern – ist eh' nicht schad' um mich ... Und was hab' ich denn vom ganzen Leben gehabt? – Etwas hätt' ich gern noch mitgemacht: einen Krieg – aber da hätt' ich lang' warten können ... Und alles übrige kenn' ich ... Ob so ein Mensch Steffi oder Kunigunde heißt, bleibt sich gleich. – – Und die schönsten Operetten kenn' ich auch – und im Lohengrin bin ich zwölfmal drin gewesen – und heut' abend war ich sogar bei einem Oratorium – und ein Bäckermeister hat mich einen dummen Buben geheißen – meiner Seel', es ist grad' genug! – Und ich bin gar nimmer neugierig ... – Also geh'n wir nach Haus, langsam, ganz langsam ... Eile hab' ich ja wirklich keine. – Noch ein paar Minuten ausruhen da im Prater, auf einer Bank – obdachlos. – Ins Bett leg' ich mich ja doch nimmer – hab' ja genug Zeit zum Ausschlafen. – – Ah, die Luft! – Die wird mir abgeh'n ...

Was ist denn? – He, Johann, bringen S' mir ein Glas frisches Wasser ... Was ist? ... Wo ... Ja, träum' ich denn? ... Mein Schädel ... o, Donnerwetter ... Fischamend ... Ich bring' die Augen nicht auf! – Ich bin ja angezogen! – Wo sitz ich denn? – Heiliger Himmel, eingeschlafen bin ich! Wie hab' ich denn nur schlafen können; es dämmert ja schon! – Wie lang' hab' ich denn geschlafen? – Muß auf die Uhr schau'n ... Ich seh' nichts? ... Wo sind denn meine Zündhölzeln? ... Na, brennt eins an? ... Drei ... und ich soll mich um vier duellieren – nein, nicht duellieren – totschießen soll ich mich! – Es ist gar nichts mit dem Duell; ich muß mich totschießen, weil ein Bäckermeister mich einen dummen Buben genannt hat ... Ja, ist es denn wirklich g'scheh'n? – Mir ist im Kopf so merkwürdig ... wie in einem Schraubstock ist mein Hals – ich kann mich gar nicht rühren – das rechte Bein ist eingeschlafen. – Aufstehn! Aufstehn! ... Ah, so ist es besser! – Es wird schon lichter ... Und die Luft ... ganz wie damals in der Früh, wie ich auf Vorposten war und im Wald kampiert hab' ... Das war ein anderes Aufwachen – da war ein anderer Tag vor mir ... Mir scheint, ich glaub's noch nicht recht – Da liegt die Straße, grau, leer – ich bin jetzt sicher der einzige Mensch im Prater. – Um vier Uhr früh war ich schon einmal herunten, mit'm Pausinger – geritten sind wir – ich auf dem Pferd vom Hauptmann Mirovic und der Pausinger auf seinem eigenen Krampen – das war im Mai, im vorigen Jahr – da hat schon alles geblüht – alles war grün. Jetzt ist's noch kahl – aber der Frühling kommt bald – in ein paar Tagen ist er schon da. – Maiglöckerln, Veigerln – schad', daß ich nichts mehr davon haben werd' – jeder Schubiak hat was davon, und ich muß sterben! Es ist ein Elend! Und die andern werden im Weingartl sitzen beim Nachtmahl, als wenn gar nichts g'wesen wär' – so wie wir alle im Weingartl g'sessen sind, noch am Abend nach dem Tag, wo sie den Lippay hinausgetragen haben ... Und der Lippay war so beliebt ... sie haben ihn lieber g'habt, als mich, beim Regiment – warum sollen sie denn nicht im Weingartl sitzen, wenn ich abkratz'? – Ganz warm ist es – viel wärmer als gestern – und so ein Duft – es muß doch schon blühen ... Ob die Steffi mir Blumen bringen wird? – Aber fallt ihr ja gar nicht ein! Die wird grad' hinausfahren ... Ja, wenn's noch die Adel' wär' ... Nein, die Adel'! Mir scheint, seit zwei Jahren hab' ich an die nicht mehr gedacht ... mein Lebtag hab' ich kein Frauenzimmer so weinen geseh'n ... Das war doch eigentlich das Hübscheste, was ich erlebt hab' ... So bescheiden, so anspruchslos, wie die war – die hat mich gern gehabt, da könnt' ich drauf schwören. – War doch was ganz anderes, als die Steffi ... Ich möcht' nur wissen, warum ich die aufgegeben hab' ... so eine Eselei! Zu fad ist es mir geworden, ja, das war das Ganze ... So jeden Abend mit ein und derselben ausgeh'n ... Dann hab' ich eine Angst g'habt, daß ich überhaupt nimmer loskomm' – eine solche Raunzen – – Na, Gustl, hätt'st schon noch warten können – war doch die einzige, die dich gern gehabt hat ... Was sie jetzt macht? Na was wird s' machen? – Jetzt wird s' halt einen andern haben ... Freilich, das mit der Steffi ist bequemer – wenn man nur ungelegentlich engagiert ist und ein anderer hat die ganzen Unannehmlichkeiten, und ich hab' nur das Vergnügen ... Ja, da kann man auch nicht verlangen, daß sie auf den Friedhof hinauskommt ... Wer ging denn überhaupt mit, wenn er nicht müßt'! – Vielleicht der Kopetzky, und dann wär' Rest! – Ist doch traurig, so gar niemanden zu haben ...

Aber so ein Unsinn! der Papa und die Mama und die Klara ... Ja, ich bin halt der Sohn, der Bruder ... aber was ist denn weiter zwischen uns? gern haben sie mich ja – aber was wissen sie denn von mir? – Daß ich meinen Dienst mach', daß ich Karten spiel' und daß ich mit Menschern herumlauf' ... aber sonst? – Daß mich manchmal selber vor mir graust, das hab' ich ihnen ja doch nicht geschrieben – na, mir scheint, ich hab's auch selber gar nicht recht gewußt – Ah was, kommst du jetzt mit solchen Sachen, Gustl? Fehlt nur noch, daß du zum Weinen anfangst ... pfui Teufel! – Ordentlich Schritt ... so! Ob man zu einem Rendezvous geht oder auf Posten oder in die Schlacht ... wer hat das nur gesagt? ... ah ja, der Major Lederer, in der Kantin', wie man von dem Wingleder erzählt hat, der so blaß geworden ist vor seinem ersten Duell – und gespieben hat ... Ja: ob man zu einem Rendezvous geht oder in den sichern Tod, am Gang und am G'sicht laßt sich das der richtige Offizier nicht anerkennen! – Also Gustl – der Major Lederer hat's g'sagt! ha! –

Immer lichter … man könnt' schon lesen … Was pfeift denn da? … Ah, drüben ist der Nordbahnhof … Die Tegetthoffsäule … so lang hat sie noch nie ausg'schaut … Da drüben stehen Wagen … Aber nichts als Straßenkehrer auf der Straße … meine letzten Straßenkehrer – ha! ich muß immer lachen, wenn ich dran denk' … das versteh' ich gar nicht … Ob das bei allen Leuten so ist, wenn sie's einmal ganz sicher wissen? Halb vier auf der Nordbahnuhr … jetzt ist nur die Frage, ob ich mich um sieben nach Bahnzeit oder nach Wiener Zeit erschieß'? … Sieben … ja, warum grad' sieben? … Als wenn's gar nicht anders sein könnt' … Hunger hab' ich – meiner Seel', ich hab' Hunger – kein Wunder … seit wann hab' ich denn nichts gegessen? … Seit – seit gestern sechs Uhr abends im Kaffeehaus … ja! Wie mir der Kopetzky das Billett gegeben hat – eine Melange und zwei Kipfel. – Was der Bäckermeister sagen wird, wenn er's erfahrt? … der verfluchte Hund! – Ah, der wird wissen, warum – dem wird der Knopf aufgeh'n – der wird draufkommen, was es heißt: Offizier! – So ein Kerl kann sich auf offener Straße prügeln lassen, und es hat keine Folgen, und unsereiner wird unter vier Augen insultiert und ist ein toter Mann … Wenn sich so ein Fallot wenigstens schlagen möcht' – aber nein, da wär' er ja vorsichtiger, da möcht' er sowas nicht riskieren … Und der Kerl lebt weiter, ruhig weiter, während ich – krepieren muß! – Der hat mich doch umgebracht … Ja, Gustl, merkst d' was? – der ist es, der dich umbringt! Aber so glatt soll's ihm doch nicht ausgeh'n! – Nein, nein, nein! Ich werd' dem Kopetzky einen Brief schreiben, wo alles drinsteht, die ganze G'schicht' schreib' ich auf … oder noch besser: ich schreib's dem Obersten, ich mach' eine Meldung ans Regimentskommando … ganz wie eine dienstliche Meldung … Ja, wart', du glaubst, daß sowas geheim bleiben kann? – Du irrst dich – aufgeschrieben wird's zum ewigen Gedächtnis, und dann möcht' ich sehen, ob du dich noch ins Kaffeehaus traust – Ha! – »das möcht' ich sehen,« ist gut! ... Ich möcht' noch manches gern sehen, wird nur leider nicht möglich sein – aus is! –

Jetzt kommt der Johann in mein Zimmer, jetzt merkt er, daß der Herr Leutnant nicht zu Haus geschlafen hat. – Na, alles mögliche wird er sich denken; aber daß der Herr Leutnant im Prater übernachtet hat, das, meiner Seel', das nicht ... Ah, die Vierundvierziger! zur Schießstätte marschieren s' – lassen wir sie vorübergeh'n ... so, stellen wir uns daher ... – Da oben wird ein Fenster aufgemacht – hübsche Person – na, ich möcht' mir wenigstens ein Tüchel umnehmen, wenn ich zum Fenster geh' ... Vorigen Sonntag war's zum letztenmal ... Daß grad' die Steffi die letzte sein wird, hab' ich mir nicht träumen lassen. – Ach Gott, das ist doch das einzige reelle Vergnügen ... Na ja, der Herr Oberst wird in zwei Stunden nobel nachreiten ... die Herren haben's gut – ja, ja, rechts g'schaut! – Ist schon gut ... Wenn ihr wüßtet, wie ich auf euch pfeif'! – Ah, das ist nicht schlecht: der Katzer ... seit wann ist denn der zu den Vierundvierzigern übersetzt? – Servus, servus! – Was der für ein G'sicht macht? ... Warum deut' er denn auf seinen Kopf? – Mein Lieber, dein Schädel interessiert mich sehr wenig ... Ah, so! Nein, mein Lieber, du irrst dich: im Prater hab' ich übernachtet ... wirst schon heut' im Abendblatt lesen. – »Nicht möglich!« wird er sagen, »heut' früh, wie wir zur Schießstätte ausgerückt sind, hab' ich ihn noch auf der Praterstraße getroffen!« – Wer wird denn meinen Zug kriegen? – Ob sie ihn dem Walterer geben werden? – Na, da wird was Schönes herauskommen – ein Kerl ohne Schneid, der hätt' auch lieber Schuster werden sollen ... Was, geht schon die Sonne auf? – Das wird heut ein schöner Tag – so ein rechter Frühlingstag ... Ist doch eigentlich zum Teufelholen! – der Komfortabelkutscher wird noch um achte in der Früh auf der Welt sein, und ich ... na, was ist denn das? He, das wär sowas – noch im letzten Moment die Kontenance verlieren wegen einem Komfortabelkutscher ... Was ist denn das, daß ich auf einmal so ein blödes Herzklopfen krieg'? – Das wird doch nicht deswegen sein ... Nein, o nein ... es ist, weil ich so lang' nichts gegessen hab'. – – Aber Gustl, sei doch aufrichtig mit dir selber: – Angst hast du – Angst, weil du's noch nie probiert hast ... Aber das hilft dir ja nichts, die Angst hat noch keinem was geholfen, jeder muß es einmal durchmachen, der eine früher, der andere später, und du kommst halt früher dran ... Viel wert bist du ja nie gewesen, so benimm dich wenigstens anständig zu guter Letzt, das verlang' ich von dir! – So, jetzt heißt's nur überlegen – aber was denn? ... Immer will ich mir was überlegen ... ist doch ganz einfach: – im Nachtkastelladel liegt er, geladen ist er auch, heißt's nur: losdrucken – das wird doch keine Kunst sein! – –

Die geht schon ins Geschäft ... die armen Mädeln! die Adel' war auch in einem G'schäft – ein paarmal hab' ich sie am Abend abg'holt ... Wenn sie in einem Geschäft sind, werd'n sie doch keine solchen Menscher ... Wenn die Steffi mir allein g'hören möcht', ich ließ sie Modistin werden oder sowas ... Wie wird sie's denn erfahren? – Aus der Zeitung! ... Sie wird sich ärgern, daß ich ihr's nicht geschrieben hab' ... Mir scheint, ich schnapp' doch noch über ... Was geht denn das mich an, ob sie sich ärgert ... Wie lang' hat denn die ganze G'schicht gedauert?... Seit'm Jänner? ... Ah nein, es muß doch schon vor Weihnachten gewesen sein ... ich hab' ihr ja aus Graz Zuckerln mitgebracht, und zu Neujahr hat sie mir ein Brieferl g'schickt ... Richtig, die Briefe, die ich zu Haus hab', – sind keine da, die ich verbrennen sollt'? ... Hm, der vom Fallsteiner – wenn man den Brief findet ... der Bursch könnt' Unannehmlichkeiten haben ... Was mir das schon aufliegt! – Na, es ist ja keine große Anstrengung ... aber hervorsuchen kann ich den Wisch nicht ... Das beste ist, ich verbrenn' alles zusammen ... wer braucht's denn? Ist lauter Makulatur. – – Und meine paar Bücher könnt' ich dem Blany vermachen. – »Durch Nacht und Eis« ... schad', daß ich's nimmer auslesen kann ... bin wenig zum Lesen gekommen in der letzten Zeit ... Orgel – ah, aus der Kirche ... Frühmesse – bin schon lang bei keiner gewesen ... das letztemal im Feber, wie mein Zug dazu kommandiert war ... Aber das galt nichts – ich hab' auf meine Leut' aufgepaßt, ob sie andächtig sind und sich ordentlich benehmen ... – Möcht' in die Kirche hineingeh'n ... am End' ist doch was dran ... – Na, heut nach Tisch werd' ich's schon genau wissen ... Ah, »nach Tisch« ist sehr gut! ... Also, was ist, soll ich hineingeh'n? – Ich glaub', der Mama wär's ein Trost, wenn sie das wüßt'! ... Die Klara gibt weniger drauf ... Na, geh'n wir hinein – schaden kann's ja nicht!

Orgel – Gesang – hm! – was ist denn das? – Mir ist ganz schwindlig ... O Gott, o Gott, o Gott! ich möcht' einen Menschen haben, mit dem ich ein Wort reden könnt' vorher! – Das wär' so was – zur Beicht' geh'n! Der möcht' Augen machen, der Pfaff', wenn ich zum Schluß sagen möcht': Habe die Ehre, Hochwürden; jetzt geh' ich mich umbringen! ... – Am liebsten läg' ich da auf dem Steinboden und tät' heulen ... Ah nein, das darf man nicht tun! Aber weinen tut manchmal so gut ... Setzen wir uns einen Moment – aber nicht wieder einschlafen wie im Prater! ... – Die Leut', die eine Religion haben, sind doch besser dran ... Na, jetzt fangen mir gar die Händ' zu zittern an! ... Wenn's so weitergeht, werd' ich mir selber auf die Letzt' so ekelhaft, daß ich mich vor lauter Schand' umbring'! – Das alte Weib da – um was betet denn die noch? ... Wär' eine Idee, wenn ich ihr sagen möcht': Sie, schließen Sie mich auch ein ... ich hab' das nicht ordentlich gelernt, wie man das macht... Ha! mir scheint, das Sterben macht blöd'! – Aufsteh'n! – Woran erinnert mich denn nur die Melodie? – Heiliger Himmel! gestern abend! – Fort, fort! das halt' ich gar nicht aus! ... Pst! keinen solchen Lärm, nicht mit dem Säbel schleppern – die Leut' nicht in der Andacht stören – so! – doch besser im Freien ... Licht ... Ah, es kommt immer näher – wenn es lieber schon vorbei wär'! – Ich hätt's gleich tun sollen – im Prater... man sollt' nie ohne Revolver ausgehn... Hätt' ich gestern abend einen gehabt ... Herrgott noch einmal! – In das Kaffeehaus könnt' ich geh'n frühstücken ... Hunger hab' ich ... Früher ist's mir immer sonderbar vorgekommen, daß die Leut', die verurteilt sind, in der Früh noch ihren Kaffee trinken und ihr Zigarrl rauchen... Donnerwetter, geraucht hab' ich gar nicht! gar keine Lust zum Rauchen! – Es ist komisch: ich hätt' Lust, in mein Kaffeehaus zu geh'n... Ja, aufgesperrt ist schon, und von uns ist jetzt doch keiner dort – und wenn schon ... ist höchstens ein Zeichen von Kaltblütigkeit. »Um sechs hat er noch im Kaffeehaus gefrühstückt, und um sieben hat er sich erschossen« ... – Ganz ruhig bin ich wieder... das Gehen ist so angenehm – und das Schönste ist, daß mich keiner zwingt. – Wenn ich wollt', könnt' ich noch immer den ganzen Krempel hinschmeißen... Amerika... Was ist das: »Krempel«? *Was* ist ein »Krempel«? Mir scheint, ich hab' den Sonnenstich! ... Oho, bin ich vielleicht deshalb so ruhig, weil ich mir immer noch einbild', ich muß nicht?... Ich muß! Ich muß! Nein, ich will! – Kannst du dir denn überhaupt vorstellen, Gustl, daß du dir die Uniform ausziehst und durchgehst? Und der verfluchte Hund lacht sich den Buckel voll – und der Kopetzky selbst möcht' dir nicht mehr die Hand geben... Mir kommt vor, ich bin ganz rot geworden. – – Der Wachmann salutiert mir ..., ich muß danken ... »Servus!« – Jetzt hab' ich gar

»Servus« gesagt! ... Das freut so einen armen Teufel immer ... Na, über mich hat sich keiner zu beklagen gehabt – außer Dienst war ich immer gemütlich. – Wie wir auf Manöver waren, hab' ich den Chargen von der Kompagnie Britannikas geschenkt; – einmal hab' ich gehört, wie ein Mann hinter mir bei den Gewehrgriffen was von »verfluchter Rackerei« g'sagt hat, und ich hab' ihn nicht zum Rapport geschickt – ich hab' ihm nur gesagt: »Sie, passen S' auf, das könnt' einmal wer anderer hören – da ging's Ihnen schlecht!« ... Der Burghof ... Wer ist denn heut auf der Wach'? – Die Bosniaken – schau'n gut aus – der Oberstleutnant hat neulich g'sagt: Wie wir im 78er Jahr unten waren, hätt' keiner geglaubt, daß uns die einmal so parieren werden! ... Herrgott, bei so was hätt' ich dabei sein mögen – Da steh'n sie alle auf von der Bank. – Servus, servus! – Das ist halt zuwider, daß unsereiner nicht dazu kommt. – Wär' doch schöner gewesen, auf dem Felde der Ehre, fürs Vaterland, als so ... Ja, Herr Doktor, Sie kommen eigentlich gut weg! ... Ob das nicht einer für mich übernehmen könnt'? – Meiner Seel', das sollt' ich hinterlassen, daß sich der Kopetzky oder der Wymetal an meiner Statt mit dem Kerl schlagen ... Ah, so leicht sollt' der doch nicht davonkommen! – Ah, was! Ist das nicht egal, was nachher geschieht? Ich erfahr's ja doch nimmer! – Da schlagen die Bäume aus ... Im Volksgarten hab' ich einmal eine angesprochen – ein rotes Kleid hat sie angehabt – in der Strozzigasse hat sie gewohnt – nachher hat sie der Rochlitz übernommen ... Mir scheint, er hat sie noch immer, aber er red't nichts mehr davon – er schämt sich vielleicht ... Jetzt schlaft die Steffi noch ... so lieb sieht sie aus, wenn sie schläft ... als wenn sie nicht bis fünf zählen könnt'! – Na, wenn sie schlafen, schau'n sie alle so aus! – Ich sollt' ihr doch noch ein Wort schreiben ... warum denn nicht? Es tut's ja doch ein jeder, daß er vorher noch Briefe schreibt. – Auch der Klara sollt' ich schreiben, daß sie den Papa und die Mama tröstet – und was man halt so schreibt! – und dem Kopetzky doch auch ... Meiner Seel', mir kommt vor, es wär' viel leichter, wenn man ein paar Leuten Adieu gesagt hätt' ... Und die Anzeige an das Regimentskommando – und die hundertsechzig Gulden für den Ballert ... eigentlich noch viel zu tun ... Na, es hat's mir ja keiner g'schafft, daß ich's um sieben tu' ... von acht an ist noch immer Zeit genug zum Totsein! ... Totsein, ja – so heißt's – da kann man nichts machen ...

Ringstraße – jetzt bin ich ja bald in meinem Kaffeehaus ... Mir scheint gar, ich freu' mich aufs Frühstück ... es ist nicht zum glauben. – –Ja, nach dem Frühstück zünd' ich mir eine Zigarre an, und dann geh' ich nach Haus und schreib' ... Ja, vor allem mach' ich die Anzeige ans Kommando; dann kommt der Brief an die Klara – dann an den Kopetzky – dann an die Steffi ... Was soll ich denn dem Luder schreiben ... »Mein liebes Kind, du hast wohl nicht gedacht« ... – Ah, was, Unsinn! – »Mein liebes Kind, ich danke dir sehr« ... – »Mein liebes Kind, bevor ich von hinnen gehe, will ich es nicht verabsäumen« ... – Na, Briefschreiben war auch nie meine starke Seite ... »Mein liebes Kind, ein letztes Lebewohl von deinem Gustl« ... – Die Augen, die sie machen wird! Ist doch ein Glück, daß ich nicht in sie verliebt war ... das muß traurig sein, wenn man eine gern hat und so ... Na, Gustl, sei gut: so ist es auch traurig genug ... Nach der Steffi wär' ja noch manche andere gekommen, und am End' auch eine, die was wert ist – junges Mädel aus guter Familie mit Kaution – es wär' ganz schön gewesen ... – Der Klara muß ich ausführlich schreiben, daß ich nicht hab' anders können ... »Du mußt mir verzeihen, liebe Schwester, und bitte, tröste auch die lieben Eltern. Ich weiß, daß ich euch allen manche Sorge gemacht habe und manchen Schmerz bereitet;

aber glaube mir, ich habe euch alle immer sehr lieb gehabt, und ich hoffe, du wirst noch einmal glücklich werden, meine liebe Klara, und deinen unglücklichen Bruder nicht ganz vergessen« ... – Ah, ich schreib' ihr lieber gar nicht! ... Nein, da wird mir zum Weinen ... es beißt mich ja schon in den Augen, wenn ich dran denk' ... Höchstens dem Kopetzky schreib' ich – ein kameradschaftliches Lebewohl, und er soll's den andern ausrichten ... – Ist's schon sechs? – Ah, nein: halb – dreiviertel. – Ist das ein liebes G'sichtel! ... der kleine Fratz mit den schwarzen Augen, den ich so oft in der Florianigasse treff'! – was die sagen wird? – Aber die weiß ja gar nicht, wer ich bin – die wird sich nur wundern, daß sie mich nimmer sieht ... Vorgestern hab' ich mir vorgenommen, das nächstemal sprech' ich sie an. – Kokettiert hat sie genug ... so jung war die – am End' war die gar noch eine Unschuld! ... Ja, Gustl! Was du heute kannst besorgen, das verschiebe nicht auf morgen! ... Der da hat sicher auch die ganze Nacht nicht geschlafen. – Na, jetzt wird er schön nach Haus geh'n und sich niederlegen – ich auch! – Haha! jetzt wird's ernst, Gustl, ja! ... Na, wenn nicht einmal das biss'l Grausen wär', so wär' ja schon gar nichts dran – und im ganzen, ich muß's schon selber sagen, halt' ich mich brav ... Ah, wohin denn noch? Da ist ja schon mein Kaffeehaus ... auskehren tun sie noch ... Na, geh'n wir hinein ...

Da hinten ist der Tisch, wo die immer Tarok spielen ... Merkwürdig, ich kann mir's gar nicht vorstellen, daß der Kerl, der immer da hinten sitzt an der Wand, derselbe sein soll, der mich ... – Kein Mensch ist noch da ... Wo ist denn der Kellner? ... He! Da kommt er aus der Küche ... er schlieft schnell in den Frack hinein ... Ist wirklich nimmer notwendig! ... ah, für ihn schon ... er muß heut' noch andere Leut' bedienen! –

»Habe die Ehre, Herr Leutnant!«

»Guten Morgen.«

»So früh heute, Herr Leutnant?«

»Ah, lassen S' nur – ich hab' nicht viel Zeit, ich kann mit'm Mantel dasitzen.«

»Was befehlen Herr Leutnant?«

»Eine Melange mit Haut.«

»Bitte gleich, Herr Leutnant!«

Ah, da liegen ja Zeitungen ... schon heutige Zeitungen? ... Ob schon was drinsteht? ... Was denn? – Mir scheint, ich will nachseh'n, ob drinsteht, daß ich mich umgebracht hab'! Haha! – Warum steh' ich denn noch immer? ... Setzen wir uns da zum Fenster ... Er hat mir ja schon die Melange hingestellt ... So, den Vorhang zieh' ich zu; es ist mir zuwider, wenn die Leut' hereingucken ... Es geht zwar noch keiner vorüber ... Ah, gut schmeckt der Kaffee – doch kein leerer Wahn, das Frühstücken! ... Ah, ein ganz anderer Mensch wird man – der ganze Blödsinn ist, daß ich nicht genachtmahlt hab' ... Was steht denn der Kerl schon wieder da? – Ah, die Semmeln hat er mir gebracht ...

»Haben Herr Leutnant schon gehört?« ...

»Was denn?« Ja, um Gotteswillen, weiß der schon was? ... Aber, Unsinn, es ist ja nicht möglich!

»Den Herrn Habetswallner ...«

Was? So heißt ja der Bäckermeister ... was wird der jetzt sagen? ... Ist der am End' schon dagewesen? Ist er am End' gestern schon dagewesen und hat's erzählt? ... Warum red't er denn nicht weiter? ... Aber er red't ja ...

»... hat heut' nacht um zwölf der Schlag getroffen.«

»Was?« ... Ich darf nicht so schreien ..., nein, ich darf mir nichts anmerken lassen ... aber vielleicht träum' ich ... ich muß ihn noch einmal fragen ... »Wen hat der Schlag getroffen?« – Famos, famos! – ganz harmlos hab' ich das gesagt! –

»Den Bäckermeister, Herr Leutnant! ... Herr Leutnant werd'n ihn ja kennen ... na, den Dicken, der jeden Nachmittag neben die Herren Offiziere seine Tarokpartie hat ... mit'n Herrn Schlesinger und 'n Herrn Wasner von der Kunstblumenhandlung vis-a-vis!«

Ich bin ganz wach – stimmt alles – und doch kann ich's noch nicht recht glauben – ich muß ihn noch einmal fragen ... aber ganz harmlos ...

»Der Schlag hat ihn getroffen? ... Ja, wieso denn? Woher wissen S' denn das?«

»Aber Herr Leutnant, wer soll's denn früher wissen, als unsereiner – die Semmel, die der Herr Leutnant da essen, ist ja auch vom Herrn Habetswallner. Der Bub, der uns das Gebäck um halber fünfe in der Früh bringt, hat's uns erzählt.«

Um Himmelswillen, ich darf mich nicht verraten ... ich möcht' ja schreien ... ich möcht' ja lachen ... ich möcht' ja dem Rudolf ein Bussel geben ... Aber ich muß ihn noch was fragen! ... Vom Schlag getroffen werden, heißt noch nicht: tot sein ... ich muß fragen, ob er tot ist ... aber ganz ruhig, denn was geht mich der Bäckermeister an – ich muß in die Zeitung schau'n, während ich den Kellner frag' ...

»Ist er tot?«

»Na, freilich, Herr Leutnant; auf'm Fleck ist er tot geblieben.«

O, herrlich, herrlich! – Am End' ist das alles, weil ich in der Kirchen g'wesen bin ...

»Er ist am Abend im Theater g'wesen; auf der Stiegen ist er umg'fallen – der Hausmeister hat den Krach gehört ... na, und dann haben s' ihn in die Wohnung getragen, und wie der Doktor gekommen ist, war's schon lang' aus.«

»Ist aber traurig. Er war doch noch in den besten Jahren.« – Das hab' ich jetzt famos gesagt – kein Mensch könnt' mir was anmerken ... und ich muß mich wirklich zurückhalten, daß ich nicht schrei' oder aufs Billard spring' ...

»Ja, Herr Leutnant, sehr traurig; war ein so lieber Herr, und zwanzig Jahr' ist er schon zu uns kommen – war ein guter Freund von unserm Herrn. Und die arme Frau ...«

Ich glaub', so froh bin ich in meinem ganzen Leben nicht gewesen ... Tot ist er – tot ist er! Keiner weiß was, und nichts ist g'scheh'n! – Und das Mordsglück, daß ich in das Kaffeehaus gegangen bin ... sonst hätt' ich mich ja ganz umsonst erschossen – es ist doch wie eine Fügung des Schicksals ... Wo ist denn der Rudolf? – Ah, mit dem Feuerburschen red't er ... – Also, tot ist er – tot ist er – ich kann's noch gar nicht glauben! Am liebsten möcht' ich hingeh'n, um's zu seh'n. – – Am End' hat ihn der Schlag getroffen aus Wut, aus verhaltenem Zorn ... Ah, warum, ist mir ganz egal! Die Hauptsach' ist: er ist tot, und ich darf leben, und alles g'hört wieder mein! ... Komisch, wie ich mir da immerfort die Semmel einbrock', die mir der Herr Habetswallner gebacken hat! Schmeckt mir ganz gut, Herr von Habetswallner! Famos! – So, jetzt möcht' ich noch ein Zigarrl rauchen ...

»Rudolf! Sie, Rudolf! Sie, lassen S' mir den Feuerburschen dort in Ruh'!«

»Bitte, Herr Leutnant!«

»Trabucco« ... – Ich bin so froh, so froh! ... Was mach' ich denn nur? ... Was mach ich denn nur? ... Es muß ja was gescheh'n, sonst trifft mich auch noch der Schlag vor lauter Freud'! ... In einer Viertelstund' geh ich hinüber in die Kasern' und laß mich vom Johann kalt abreiben ... um halb acht sind die Gewehrgriff', und um halb zehn ist Exerzieren. – Und der Steffi schreib' ich, sie muß sich für heut abend frei machen, und wenn's Graz gilt! Und nachmittag um vier ... na wart', mein Lieber, wart', mein Lieber! Ich bin grad' gut aufgelegt ... Dich hau' ich zu Krenfleisch!

ANDREAS THAMEYERS LETZTER BRIEF

Keineswegs kann ich weiterleben. Denn solange ich lebe, würden die Leute höhnen, und niemand sähe die Wahrheit ein. Die Wahrheit aber ist, daß mir meine Frau treu war – ich schwöre es bei allem, was mir heilig ist, und ich besiegle es durch meinen Tod. Auch habe ich in vielen Büchern nachgelesen, die diese schwierige und rätselhafte Materie behandeln, und wenn es auch Leute gibt, welche die Tatsache an sich bezweifeln, so sind doch anderseits Gelehrte von Bedeutung aufgestanden, die völlig überzeugt sind, und ich gedenke hierselbst Beispiele anzuführen, die jedem Unparteiischen als unwidersprechlich erscheinen müssen. So erzählt Malebranche, daß eine Frau anläßlich der Kanonisationsfeier des heiligen Pius dessen Bildnis so scharf betrachtete, daß der Knabe, den sie bald darauf zur Welt brachte, diesem Heiligen vollkommen glich; – ja sein Antlitz zeigte die müden Züge des Alters, seine Arme waren über die Brust gekreuzt, seine Augen gen Himmel gerichtet, und zum Überfluß zeigte sich noch auf einer Schulter in Gestalt eines Muttermales die herabhängende Mütze. Wem aber diese Erzählung trotz der Autorität des Zeugen, der ein Nachfolger des berühmten Philosophen Cartesius war, nicht genügend beglaubigt erscheint, dem wird vielleicht Martin Luther als Gewährsmann genügen. Luther nämlich – so ist in seinen Tischreden nachzulesen – hat in Wittenberg einen Bürger mit einem Totenkopf gekannt, und es war erwiesen, daß die Mutter dieses bedauernswerten Mannes während ihrer Schwangerschaft durch den Anblick eines Leichnams aufs heftigste erschreckt worden war. Die Geschichte aber, die mir am wichtigsten erscheint und an der zu zweifeln kein vernünftiger Anlaß vorliegt, wird von Heliodor in den »*Libri aethiopicorum*« berichtet. Diesem geschätzten Autor nach hat die Königin Persina nach zehnjähriger kinderloser Ehe ihrem Gatten, dem Äthioperkönig Hydaspes, eine weiße Tochter geboren, die sie aus Angst vor dem voraussichtlichen Zorn ihres Gemahls gleich nach der Geburt aussetzen ließ. Doch gab sie ihr einen Gürtel mit, auf dem der wahre Grund des verhängnisvollen Zufalls angegeben war: im Garten des königlichen Palastes, wo die Königin die Umarmungen ihres schwarzen Ehegemahls empfing, waren herrliche Marmorstatuen griechischer Götter und Göttinnen aufgestellt gewesen, auf die Persina ihre entzückten Blicke gerichtet hatte. Aber noch weiter geht die Macht des Geistes, und nicht nur Abergläubische oder Ungebildete huldigen dieser Anschauung, wie die folgende Geschichte beweist, die sich im Jahre 1637 in Frankreich zutrug. Dortselbst gebar ein Weib nach vierjähriger Abwesenheit ihres Gatten einen Knaben und schwor, daß sie in der entsprechenden Zeit vorher mit der vollkommensten Lebhaftigkeit von der inbrünstigen Umarmung ihres Gatten geträumt hatte. Die Ärzte und Wehefrauen von Montpellier erklärten eidlich die Tatsache für möglich, und der Gerichtshof von Havre sprach dem Kinde alle Rechte der legitimen Geburt zu. Des ferneren finde ich in Hambergs »Rätselhaften Vorgängen der Natur«, Seite 74, die Geschichte von einer Frau, die ein Kind mit einem Löwenkopf zur Welt brachte, nachdem sie im siebenten Monate ihrer Schwangerschaft mit ihrem Gatten und ihrer Mutter der Produktion eines Löwenbändigers beigewohnt hatte. Ich habe ferner eine Geschichte gelesen – sie ist zu finden in Limböcks »Über das Versehen der Frauen«, Basel 1846, Seite 19 – daß ein Kind mit einem großen Brandmal auf der Wange geboren wurde, weil die Mutter einige Wochen vor der Geburt das Haus gegenüber in Flammen hatte aufgehen sehen. In diesem Buch stehen noch andere, höchst verwunderliche Dinge. Während ich dieses schreibe, liegt es vor mir auf dem Tisch, eben habe ich wieder darin geblättert, und es sind beglaubigte, wissenschaftlich feststehende Tatsachen, die darin erzählt werden, und ebenso beglaubigt ist die Tatsache, die ich selbst erlebt habe, oder vielmehr mein gutes Weib, das mir treu gewesen ist, so wahr ich in diesem Augenblick noch lebe! Wirst du mir verzeihen, liebe Gattin, daß ich nun sterben gehe? Siehe, du mußt es tun. Es ist ja nur aus Liebe zu dir, daß ich sterbe, denn ich kann es nicht ertragen, daß die Leute höhnen, daß sie dich verlachen und mich! Nun werden sie wohl aufhören zu lachen, nun werden sie es verstehen, wie ich es verstehe. Ihr, die ihr mich, die ihr diesen Brief finden werdet, wisset, daß sie, während ich dieses schreibe, in dem Zimmer nebenan schläft, ruhig schläft, wie man nur mit einem guten Gewissen schlafen kann; und ihr Kind – unser Kind, das nun vierzehn Tage alt ist, liegt in der Wiege neben dem Bett und schläft gleichfalls. Und bevor ich das Haus verlasse, werde ich hingehen und werde meine Frau und mein Kind auf die Stirne küssen, ohne sie aufzuwecken. Ich schreibe das alles so genau, damit man nicht etwa meint, ich sei wahnsinnig ... nein, es ist wohlüberlegt, und ich bin vollkommen ruhig. Sobald ich diesen Brief beendet habe, gehe ich fort, in tiefer Nacht, durch die leeren Straßen, immer weiter, den Weg, den ich so oft mit meiner Frau gegangen bin im ersten Jahre unserer Ehe, nach Dornbach – und immer weiter, bis in den Wald. Ja, es ist alles wohl überlegt, und ich bin im Vollbesitze meiner Sinne. Und so verhält sich die Sache. Ich heiße Andreas Thameyer, bin Beamter in der österreichischen Sparkassa, vierunddreißig Jahre alt, wohnhaft Hernalser Hauptstraße Nr. 64, verheiratet seit vier Jahren. Ich habe meine Frau sieben Jahre gekannt, ehe sie meine Gattin wurde, und sie hat zwei Bewerber ausgeschlagen, weil sie mich liebte und auf mich wartete: einen Kommissär mit 1800 Gulden Gehalt, und einen sehr schönen jungen Kandidaten der Medizin aus Triest, der als Zimmerherr bei ihren Eltern wohnte, man merke auf! – ausgeschlagen um meinetwillen, obzwar ich weder schön, noch reich war, und obwohl sich unsere Heirat von Jahr zu Jahr verzögerte. Und nun wollen die Leute behaupten, daß diese Frau mich betrogen hat, die sieben Jahre auf mich geduldig wartete! Die Menschen sind dumm und armselig, sie können, wie ich mich ausdrücken möchte, in unser Inneres nicht hineinblicken, sie sind schadenfroh und höchst gemein! Aber nun werden sie alle verstummen ... ja nun werden sie alle sagen: wir haben unrecht getan, wir sehen es ein, deine Frau ist dir treu gewesen, und es war gar nicht notwendig, daß du dich umbringst ... Aber ich sage euch: es ist notwendig! Denn solange ich am Leben bliebe, würdet ihr weiter höhnen, ihr alle. Nur einer ist edel und gut: das ist der alte Doktor Walter Brauner ... Ja, er hat es mir gleich gesagt; bevor er mich hineinführte, sagte er mir: »Mein lieber Thameyer, erschrecken Sie nicht und regen Sie sich und Ihre Frau nicht auf. Solche Dinge sind schon öfters dagewesen. Ich werde Ihnen morgen das Buch von Limböck bringen und andere über das Versehen der Schwangeren.« – Diese Bücher liegen vor mir – jawohl! und ich richte die höfliche Bitte an meine Angehörigen, daß diesem vortrefflichen Mann, dem Doktor Brauner, seine Bücher mit ergebenstem Danke zurückgestellt werden. Weiter habe ich keine Verfügungen zu treffen. Mein Testament ist längst gemacht, ich habe keinen Grund, es abzuändern, denn meine Frau ist mir treu gewesen, und das Kind, das sie mir geboren hat, ist mein Kind. Und daß es eine so eigentümliche Hautfarbe hat, werde ich nunmehr auf die einfachste Weise erklären. Nur

Böswilligkeit und Unbildung kann sich dieser Erklärung verschließen, und ich wage zu behaupten, wenn wir unter Menschen lebten, die nicht boshaft und albern wären, könnte ich am Leben bleiben, denn jeder sähe es ein. So aber will es niemand einsehen, und sie lächeln und lachen. Sogar Herr Gustav Rengelhofer, der Onkel meiner Frau, dem ich stets die größte Achtung erwiesen, hat in einer mich sehr verletzenden Weise mit den Augen gezwinkert, als er mein Kind zum erstenmal sah, und meine eigene Mutter – sie hat mir die Hand gedrückt, in einer höchst sonderbaren Art, als bedürfe ich ihrer Teilnahme. Und meine Kollegen im Bureau haben miteinander geflüstert, als ich gestern eintrat, und der Hausmeister, dessen Kindern ich zu Weihnachten meine alte verdorbene Uhr geschenkt habe – immerhin, als Spielzeug tut solch ein Uhrgehäuse seine Dienste ... der Hausmeister hat sich das Lachen verbissen, als ich gestern an ihm vorbeiging, und unsere Köchin macht ein Gesicht, so lustig, als wenn sie betrunken wäre, und der Spezereihändler an der Ecke hat mir nachgeschaut, schon drei- oder viermal ... neulich ist er an der Türe stehen geblieben und sagte zu einer alten Dame: das ist er. Und ein Beweis für die schleunige Verbreitung der unsinnigsten Gerüchte: – es gibt Leute, die ich gar nicht kenne, und die es wissen, ich weiß nicht, woher. Als ich vorgestern im Stellwagen nach Hause fuhr, hörte ich drei alte Weiber drin über mich sprechen, ich hörte meinen Vornamen ganz genau; ist stand auf der Plattform. Daher frage ich laut: (ich gebrauche diesen Ausdruck absichtlich, obwohl dies schriftliche Aufzeichnungen sind) – ich frage mit vernehmlicher Stimme: Was soll ich tun? Was bleibt mir übrig? Ich kann es nicht jedem sagen: Leset Hambergs »Wunder der Natur« und Limböcks vorzügliches Werk »Über das Versehen der Schwangeren«. Ich kann nicht vor ihnen niederknien und sie anflehen: »Seid nicht so grausam ... seht es doch ein ... meine Frau ist mir immer treu gewesen!« Sie hat sich versehen, als sie im August mit ihrer Schwester unten im Tiergarten war, wo diese fremden Leute ihr Lager hatten, diese unheimlichen Schwarzen. Ich kann es beschwören, daß sie sich versehen hat, denn die Geschichte trug sich folgendermaßen zu: Ich war an jenem Tag – und schon ein paar Tage vorher – bei meinen Eltern auf dem Lande gewesen – mein Vater war nämlich krank, sehr krank. ... Man ermesse es daraus, daß er tatsächlich wenige Wochen darauf verstorben ist. – Aber dies gehört nicht her. – Nun, Anna war allein. Und als ich zurückkam, fand ich meine Frau zu Bett liegen – jawohl, vor Aufregung, vor Sehnsucht ... was weiß ich! lag sie danieder. – Und ich war doch nur drei Tage fort gewesen. So sehr liebte mich meine Frau. Und ich mußte mich gleich an ihr Bett setzen und mir erzählen lassen, wie sie die drei Tage verbracht hatte. Und ohne daß ich sie erst fragte, erzählte sie alles. Ich notiere es hier mit der in diesem Falle erforderlichen Genauigkeit. Montag war sie den ganzen Vormittag zu Hause gewesen. Nachmittag aber ging sie mit Fritzi – so nennen wir ihre ledige Schwester, ihr Taufname ist Friederike – mit Fritzi in die innere Stadt, Einkäufe besorgen. Fritzi ist verlobt mit einem sehr braven jungen Mann, der nun eine Stellung in Deutschland hat, und zwar in Bremen in einem großen Handlungshaus, und Fritzi soll ihm bald nachkommen, um seine Frau zu werden ... Doch auch dies ist nebensächlich. Ich weiß es sehr wohl. Dienstag verbrachte meine Frau den ganzen Tag zu Hause, denn es regnete. – Auch auf dem Lande, bei meinen Eltern, regnete es an diesem Tage, wie ich mich genau erinnern kann. Dann kam der Mittwoch. An diesem Tag gingen meine Frau und Fritzi gegen Abend in den Tiergarten, wo Neger ihr Lager aufgeschlagen hatten. Hier füge ich bei, daß ich selbst diese Leute später gesehen habe, im September nämlich, und zwar ging ich mit Rudolf Bittner hinunter, mit ihm und seiner Frau, an einem Sonntagsabend; Anna wollte durchaus nicht mit, ein solches Grauen war ihr zurückgeblieben seit jenem Mittwoch. Sie sagte mir, niemals in ihrem Leben habe sie ein solches Grauen empfunden als an jenem Abend, da sie allein bei den Negern war ... Allein, denn Fritzi hatte sich plötzlich verloren ... Es ist mir nicht möglich, diese Tatsache zu verschweigen. Nun, ich will gegen Fritzi nichts sagen, da dieses mein letzter Brief ist. Aber hier scheint es mir am Platze, an Fritzi die ernste Mahnung zu richten, ihren Bräutigam nicht zu kränken, da dieser als anständiger Mensch darüber sehr unglücklich wäre. Leider aber bleibt es eine Tatsache, daß an jenem Abend Herr ... doch wozu soll ich hier einen Namen niederschreiben ... kurz und gut, mit diesem Herrn, den ich sehr wohl kenne und der sich nicht des besten Rufes erfreut, obzwar er verheiratet ist, verlor sich Fritzi an jenem Abend, und meine arme Frau war plötzlich allein. Es war ein nebeliger Abend, wie sie im Spätsommer zuweilen vorkommen; ich für meinen Teil gehe niemals abends ohne Überrock in den Prater ... ich erinnere mich, daß da auf den Wiesen oft graue Dämpfe liegen, in denen sich die Lichter spiegeln ... Nun, solch ein Abend war es an jenem Mittwoch, und Fritzi war plötzlich fort, und meine Anna war allein – mit einem Male allein ... wer begreift nicht, daß sie unter diesen Umständen ein ungeheures Grauen vor diesen Riesenmenschen mit den glühenden Augen und den großen schwarzen Bärten empfinden mußte? ... Zwei Stunden lang wartete sie auf Fritzi und hoffte immer, daß sie wiederkommen würde, endlich wurden die Tore geschlossen, da mußte sie gehen. So war es. Dies alles erzählte mir Anna in der Frühe, als ich an ihrem Bette saß, wie ich schon früher bemerkt habe ... sie hatte die Arme um meinen Nacken geschlungen und zitterte, ihre Augen waren ganz trüb, ich selber bekam Angst, und dabei wußte ich an diesem Tag noch nicht, was ich später wußte, so wenig als sie. Denn hätte ich gewußt, daß sie bereits unser Kind unter dem Herzen trage, dann hätte ich nie und nimmer gestattet, daß sie mit Fritzi an einem nebeligen Abend in den Prater ginge und sich allerlei Gefahren aussetzte. Denn für eine Frau in solchem Zustand ist alles Gefahr ... Freilich, wenn Fritzi sich nicht verloren hätte, so wäre meine Frau nie und nimmer in eine so entsetzliche Angst geraten; aber dies war eben das große Unglück, daß sie so allein war und um Fritzi zitterte ... Nun ist ja alles vorüber, und ich werfe auf niemand einen Stein. Aber ich habe dies alles aufgeschrieben, denn ich finde es notwendig, daß diese Sache völlig klar gestellt werde. Würde ich das nicht tun, wer weiß, ob die Leute in ihrer Erbärmlichkeit nicht endlich noch sagten: er hat sich umgebracht, weil seine Frau ihn betrogen hat ... Nein, ihr Leute, nochmals, meine Frau ist treu, und das Kind, das sie geboren hat ist mein Kind! Und ich liebe sie beide bis zum letzten Augenblick. In den Tod treibt nur ihr mich, ihr alle, die ihr zu armselig oder zu boshaft seid zu glauben oder zu verstehen. Und je mehr ich zu euch reden und versuchen würde, euch den Vorfall wissenschaftlich zu erklären ... ich weiß es ja, um so mehr würdet ihr höhnen und lachen, wenn auch nicht vor mir, so hinter meinem Rükken – oder ihr würdet gar sagen: »Thameyer ist wahnsinnig.« Nun ist euch das genommen, meine Verehrten, ich sterbe für meine Überzeugung, für die Wahrheit und vor allem für die Ehre meiner Frau; denn wenn ich tot bin, werdet ihr meine Frau nicht verhöhnen und werdet über mich nicht lachen; ihr werdet einsehen, daß es solche Dinge gibt, wie sie Hamberg, Heliodor, Malebranche, Welsenburg, Preuß, Limböck und andere berichten. – Auch du, liebe Mutter – wahrhaftig, du mußtest mir nicht die Hand drücken, als wäre ich zu bedauern! Du wirst jetzt doch meine Frau um Verzeihung bitten – ich weiß es ... Nun, scheint mir, habe ich nichts mehr zu sagen. Es schlägt eins. Gute Nacht, meine Lieben. Nun geh' ich noch einmal ins Nebenzimmer und küsse mein Kind und meine Frau zum letzten Mal – dann geh' ich fort. – Lebt wohl.

ZEITTAFEL

1862
Am 15. Mai wird Arthur Schnitzler in Wien geboren. Sein Vater, Prof. Dr. Johann Schnitzler (1835-1893), arbeitet als Laryngologe. Er ist von 1880 bis 1893 Direktor der Allgemeinen Wiener Poliklinik, Universitätsprofessor, Regierungsrat, Mitarbeiter der »Wiener medizinischen Presse« und Begründer der »Internationalen klinischen Rundschau«. Die Mutter Louise Schnitzler, geb. Markbreiter (1838-1911), ist die Tochter von Dr. med. et phil. Philipp Markbreiter, der an vielen medizinischen Fachzeitschriften mitarbeitet. Die Eltern heiraten am 2. Juni 1861.

1865
Am 13. Juli wird der Bruder Julian (1865-1939) geboren. Er arbeitet später als Professor der Chirurgie und Primararzt in einem Wiener Krankenhaus.

1867
Am 20. Dezember wird die Schwester Gisela (1867-1953) geboren. Sie heiratet einen Studienkollegen von Schnitzler, Marcus Hajek, der später Professor für Laryngologie wird.

1871-1879
Besuch des Akademischen Gymnasiums in Wien.

1879
Am 8. Juli macht Schnitzler seine Matura mit Auszeichnung.

Vom 30. August bis zum 15. September: Maturareise nach Amsterdam.

Im Herbst beginnt er sein Medizinstudium in Wien.

1880
Schnitzler arbeitet erstmals als Korrektor für die medizinische Zeitschrift seines Vaters; 13. November: erste Veröffentlichung von *Liebeslied der Ballerine* in »Der freie Landbote«. Am 15. November wird sein Aufsatz *Über den Patriotismus* veröffentlicht.

1882
Am 1. Oktober Antritt des obligatorischen Dienstes als Einjährig-Freiwilliger im Garnissonsspital Nr. 1 in Wien.

1885
Am 30. Mai Promotion zum Dr. med. Im August tritt Schnitzler eine Reise nach Mailand an; ab September arbeitet er als Assistenzarzt im Allgemeinen Krankenhaus und in der Poliklinik. In diesem Jahr beginnt der Briefwechsel mit Theodor Herzl (1860-1904).

1886
6. Januar: Festspiel zum 25. Promotionsjubiläum des Vaters. Im April lernt Schnitzler in Meran, wo er sich wegen Tuberkuloseverdachts aufhält, die Wirtin des »Thalhofes« in Reichenau, Olga Waissnix (1862-97), kennen. Ab dem 1. November arbeitet er in der Psychiatrie als Sekundärarzt bei Theodor Meynert.

Ab November: Beginn regelmäßiger Veröffentlichungen von Gedichten, Prosa, Skizzen und Aphorismen in Zeitschriften (»Deutsche Wochenschrift«, »An der schönen blauen Donau«).

1887
Ab 1. Januar: Arbeit als Redakteur bei der »Internationalen Klinischen Rundschau«, die von Schnitzlers Vater begründet wurde. Im gleichen Jahr gemeinsame Reise zum Naturforscherkongreß in Wiesbaden.

1888
Dank Rudolf Lothar erscheint bei O. F. Eirich in Wien *Das Abenteuer seines Lebens. Lustspiel in einem Aufzuge* als Bühnenmanuskript auf eigene Kosten. Vom 5. April bis zum 12. Mai: Studienreise nach Berlin. 21. Mai-25. August: Studienreise nach London – die *Londoner Briefe* erscheinen als Originalkorrespondenz in der »Internationalen Klinischen Rundschau«. Herbst: Schnitzler arbeitet als Assistent des Vaters an der Poliklinik. Er beschäftigt sich hauptsächlich mit Suggestion und Hypnose.

1888-92
Arbeit am *Anatol*-Zyklus.

1889
Die Untersuchung *Über funktionelle Aphonie und deren Behandlung durch Hypnose und Suggestion* erscheint in der »Internationalen Klinischen Rundschau«. Beginn des Verhältnisses mit der Schauspielerin Marie »Mizi« Glümer. In der Zeitschrift »An der schönen blauen Donau« erscheinen die Erzählungen *Amerika*, *Der Andere*, *Mein Freund Ypsilon*, *Episode*.

1890
Schnitzler kommt mit dem Literatenzirkel »Jung Wien« in Berührung und lernt Hugo von Hofmannsthal, Felix Salten, Richard Beer-Hofmann und Hermann Bahr kennen.

Veröffentlichungen: *Alkandis Lied*, *Die Frage an das Schicksal*, *Anatols Hochzeitsmorgen*.

1891
13. Mai: Uraufführung von *Das Abenteuer seines Lebens* am Theater in der Josefstadt in Wien.

Das Märchen (Bühnenmanuskript), *Denksteine*, *Reichtum*, *Weihnachtseinkäufe*.

1892
Erster Kontakt zu Karl Kraus; 17.-22. September: Reise nach Venedig.

Der Sohn. Aus den Papieren eines Arztes (später zu dem Roman *Therese* ausgeführt) und *Anatol* (mit einem Prolog von Hofmannsthal unter dem Synonym Loris).

1893
2. Mai: Tod des Vaters. Schnitzler eröffnet eine Privatpraxis, nachdem er die Poliklinik verlassen hat. 14. Juli: Uraufführung von *Abschiedssouper* am Stadttheater Bad Ischl. 1. Dezember: Uraufführung: *Das Märchen* am Deutschen Volkstheater in Wien (mit Adele Sandrock in der Rolle der Fanny Theren) – erster Skandal um Schnitzler.

1894
12. Juli: Erste Begegnung mit der Gesangslehrerin Marie Reinhard (1871-99). Beginn des Briefwechsels mit dem dänischen Kritiker und Literaturhistoriker Georg Brandes.

Blumen, *Die drei Elixiere*, *Sterben* (erschienen in der »Neuen Deutschen Rundschau«; erst die Buchausgabe 1895 bei Fischer machte Schnitzler einem größeren Publikum bekannt), *Der Witwer*, *Das Märchen* (Buchausgabe).

1895

9. Oktober: Uraufführung von *Liebelei* am Wiener Burgtheater. Beginn des Briefwechsels mit Otto Brahm (1856-1912), dem Direktor des Deutschen Theaters in Berlin.

Die kleine Komödie.

1896

26. Januar: erste öffentliche Aufführung von *Die Frage nach dem Schicksal* am Carola-Theater in Leipzig. Erstaufführung von *Liebelei* am Deutschen Theater. Schnitzler lernt den Theaterkritiker Alfred Kerr (1867-1948) kennen. 4. Juli - 29. August: Nordlandreise. 25./26. Juli: Besuch bei Henrik Ibsen in Christiania. 3. November: Uraufführung von *Freiwild* am Deutschen Theater.

Liebelei, *Ein Abschied*, *Die überspannte Person.*

1897

4. November: Tod von Olga Waissnix. 27. November: Prager Erstaufführung von *Freiwild.*

Die Frau des Weisen, *Der Ehrentag*, *Halbzwei*, *Die Toten schweigen.*

1898

13. Januar: Uraufführung von *Weihnachtseinkäufe* in den Sofien-Sälen in Wien. 26. Januar: Uraufführung von *Episode* am Ibsen-Theater in Leipzig. 11. Juli - 3. September: Reise mit dem Fahrrad durch Österreich, die Schweiz und Oberitalien – zeitweise mit Hugo von Hofmannsthal. 8. Oktober: Uraufführung von *Das Vermächtnis* am Deutschen Theater. 30. November: Wiener Erstaufführung am Burgtheater.

Die Frau des Weisen. Novellen (enthält: *Die Frau des Weisen*, *ein Abschied*, *Der Ehrentag*, *Blumen*, *Die Toten schweigen*), *Freiwild*, *Paracelsus.*

1899

1. März: Uraufführung der Einakter *Paracelsus*, *Die Gefährtin*, *Der grüne Kakadu* am Burgtheater. 18. März: Marie Reinhard stirbt. 27. März: Bauernfeldpreis »für die Novellen und dramatischen Arbeiten«. 11. Juli: Schnitzler vermerkt erstmals den Namen seiner späteren Frau: Olga Gussmann (1882-1970).

Der grüne Kakadu, *Um eine Stunde*.

1900

1. Dezember: Uraufführung von *Der Schleier der Beatrice* im Lobe-Theater in Breslau. Veröffentlichungen: *Der blinde Geronimo und sein Bruder*, *Leutnant Gustl* (am 25. Dezember in der »Neuen Freien Presse« erschienen), *Reigen* (auf eigene Kosten in einer Stückzahl von 200 Exemplaren gedruckt).

1901

14. Juni: wegen der Veröffentlichung von *Leutnant Gustl* wird Schnitzler der Offiziersrang abgesprochen. 13. Oktober: Uraufführung von *Anatols Hochzeitsmorgen* im Langenbeck-Haus in Berlin.

Frau Berta Garlan, *Lebendige Stunden*, *Sylvesternacht*.

1902

Uraufführung von *Lebendige Stunden* am Deutschen Theater (*Die Frau mit dem Dolche*, *Die letzten Masken*, *Literatur*). 9. August: Geburt des Sohnes Heinrich. 18.-20. Oktober: Schnitzler mit Otto Brahm zu Besuch bei Gerhart Hauptmann in Agnetendorf.

Die Fremde, *Andreas Thameyers letzter Brief*, *Die griechische Tänzerin*, *Exzentrik*, *Lebendige Stunden*.

1903

17. März: Bauernfeld-Preis für den Zyklus *Lebendige Stunden*. 25. Juni: das Studententheater München bekommt wegen der Aufführung von *Reigen* seitens der Regierung Sanktionen auferlegt. 26. August: Schnitzler heiratet Olga Gussmann, die Mutter seines Sohnes Heinrich. 12. September: Uraufführung von *Der Puppenspieler* am Deutschen Theater.

Der Puppenspieler, *Die grüne Krawatte*, *Reigen*.

1904

13. Januar: Uraufführung von *Der einsame Weg* am Deutschen Theater. 16. März: Buchausgabe von *Reigen* in Deutschland verboten. Uraufführung von *Der tapfere Cassian* (am Theater Max Reinhardts in Berlin), *Das Haus Delorme* wird von der Zensur verboten, es sollte am selben Abend aufgeführt werden.

Der tapfere Cassian, *Das Schicksal des Freiherrn von Leisenbohg*.

1905

28. Januar: Erstaufführung von *Freiwild* am Deutschen Volkstheater in Wien. 12. Oktober: Uraufführung von *Zwischenspiel* am Burgtheater.

Veröffentlichungen: *Das Neue Lied*, *Die Weissagung*, *Zum großen Wurstel*.

1906

24. Februar: Uraufführung von *Der Ruf des Lebens* am Lessing-Theater in Berlin (Direktion: Otto Brahm). 16. März: Uraufführung von *Zum großen Wurstel* am Lustspiel-Theater in Wien; ab dem 4. April Übernahme in das Theater in der Josefstadt.

1907

Die Geschichte eines Genies, *Der tote Gabriel*.

1908

15. Januar: Grillparzer-Preis für *Zwischenspiel*.

Der Weg ins Freie, *Komtesse Mizzi oder Der Familientag*, *Der Tod des Junggesellen*.

1909

5. Januar: Uraufführung von *Komtesse Mizzi* im Deutschen Volkstheater in Wien. 13. September: Geburt der Tochter Lili. 30. Oktober: Uraufführung von *Der tapfere Kassian* (Singspiel mit Musik von Oscar Straus) am Neuen Stadttheater in Leipzig.

Der tapfere Kassian.

1910

22. Januar: Uraufführung von *Der Schleier der Pierrette* am Königlichen Opernhaus in Dresden. 17. Juli: Einzug in das neue Haus in der Sternwartestraße 71. 18. September: Uraufführung von *Liebelei* (Oper von F. Neumann) in Frankfurt a. M. 24. November: Uraufführung von *Der junge Medardus* am Burgtheater.

Der Schleier der Pierrette.

1911

9. September: Tod der Mutter. 14. Oktober: Uraufführung von *Das weite Land* zeitgleich am Lessingtheater in Berlin, Lobe-Theater in Breslau, Residenztheater in München, Deutschen Landtheater in Prag, Alten Stadttheater in Leipzig, der Schauburg in Hannover, Stadttheater Bochum, Burgtheater.

Die dreifache Warnung, *Der Mörder*, *Die Hirtenflöte*, *Das Tagebuch der Redegonda*.

1912

10. Februar: Uraufführung von *Marionetten (Der Puppenspieler, Der tapfere Cassian, Zum großen Wurstel)* am Deutschen Volkstheater in Wien. 13. Oktober: Uraufführung von *Reigen* in Budapest verboten. 25. Oktober: *Professor Bernhardi* wird in Wien ebenfalls wegen Zensur nicht uraufgeführt. 28. Oktober: die Uraufführung von *Professor Bernhardi* kommt in Berlin zustande. An diesem Abend stirbt Schnitzlers Freund Otto Brahm.

Zum 50. Geburtstag Schnitzlers erscheinen die *Gesammelten Werke in zwei Abteilungen (Erzählende Schriften, 3. Bd.; Theaterstücke, 4. Bd.).*

1913

Frau Beate und ihr Sohn.

1914

22. Januar: Film-Premiere von »Elskovsleg« *(Liebelei):* erster Film nach einer Textvorlage Schnitzlers. 27. März: Raimund-Preis für *Der junge Medardus.*

Die griechische Tänzerin und andere Novellen.

1915

12. Oktober: Uraufführung der Einakter *Komödie der Worte (Stunde des Erkennens, Große Szene, Das Bacchusfest)* am Burgtheater, Neuen Theater in Frankfurt a. M. und am Hoftheater in Darmstadt.

1916

15. Mai: Uraufführung von *Denksteine* an einem Wohltätigkeitsabend zugunsten der Kriegsfürsorge im Volksbildungshaus der Wiener Urania.

1917

14. November: Uraufführung von *Fink und Fliederbusch* am Deutschen Volkstheater in Wien.

Doktor Gräsler, Badearzt.

1918

21. Dezember: Uraufführung von *Professor Bernhardi* am Volkstheater in Wien – die Zensur war mit dem Ende der Monarchie abgeschafft worden.

Casanovas Heimfahrt.

1919

Die Schwestern oder Casanova in Spa.

1920

26. März: Uraufführung von *Die Schwestern oder Casanova in Spa* am Burgtheater. 8. Oktober: Volkstheaterpreis für *Professor Bernhardi*. 23. Dezember: Uraufführung von *Reigen* in Berlin im Kleinen Schauspielhaus.

1921

1. Februar: Erstaufführung von *Reigen* in den Kammerspielen des Volkstheaters in Wien. 17. Februar: Aufführungen von *Reigen* werden wegen Unruhen in Wien verboten, dieses Verbot wird erst am 17. Februar 1922 aufgehoben. 22. Februar: organisierter Skandal während einer Berliner *Reigen*-Aufführung. 26. Juni: Scheidung von Olga Gussmann. 11. September: Premiere des Stummfilms *The affairs of Anatol* (USA/Regie: Cecil B. deMille). September: Anklageerhebung gegen Direktor, Regisseur und Schauspieler des Kleinen Schauspielhauses in Berlin. 8. November: Freispruch aller Beteiligten nach fünf Tagen Gerichtsverhandlung.

1922

16. Juni: Erstes längeres Zusammentreffen von Schnitzler und Sigmund Freud, nach einem Schreiben anläßlich Schnitzlers 60. Geburtstag.

Die *Theaterstücke* und die *Erzählenden Schriften* werden um je einen Band ergänzt.

1923

5. Oktober: Premiere des Stummfilms *Der junge Medardus* (Regie: Michael Kertesz) in Wien.

1924

11. Oktober: Uraufführung der *Komödie der Verführung* am Burgtheater.

Komödie der Verführung, *Fräulein Else*.

1925

Die Frau des Richters, *Traumnovelle*.

1926

21. Juni: Burgtheaterring (gestiftet vom Journalisten- und Schriftstellerverein Concordia). 27. Dezember: in Berlin letztes Zusammentreffen mit Sigmund Freud. 31. Dezember: Uraufführung von *Sylvesternacht* (einmalige Vorstellung der »Schauspieler des Theaters in der Josefstadt«).

Der Gang zum Weiher, *Spiel im Morgengrauen*.

1927

15. März: Premiere des Stummfilms *Liebelei* in Berlin. 30. Juni: Lili Schnitzler heiratet den italienischen Hauptmann Arnoldo Capellini.

Buch der Sprüche und Bedenken, Der Geist im Wort und der Geist in der Tat.

1928

März: Premiere des Stummfilms *Freiwild* (Regie: Holger Madsen) in Berlin. 26. Juli: Die Tochter Lili nimmt sich in Venedig das Leben. 27.-31. Juli: Aufenthalt in Venedig aufgrund der Beerdigung der Tochter.

Ergänzung der *Erzählenden Schriften* um zwei weitere Bde. (Bd. 5: Erstausgabe von *Therese. Chronik eines Frauenlebens*).

1929

Fräulein Else (Stummfilm/Regie: Paul Czinner) mit Elisabeth Bergner (Else) und Albert Steinrück (Dorsday). 21. Dezember: Uraufführung von *Im Spiel der Sommerlüfte* am Wiener Volkstheater.

1930

Im Spiel der Sommerlüfte.

1931

14. Februar: Uraufführung von *Der Gang zum Weiher* am Burgtheater. 19. September: Premiere des Tonfilms *Daybreak. Spiel im Morgengrauen* (Regie: Jacques Feyder).

Am 21. Oktober stirbt Arthur Schnitzler nach einer Gehirnblutung in Wien.

NACHWORT

»In den einzelnen Menschen hat sich nicht die geringste Veränderung vollzogen«

ARTHUR SCHNITZLERS MONOLOGNOVELLEN

»Es kommt bei alledem im ›Lieutenant Gustl‹ etwas zum Ausdruck, was man in Österreich schwer verträgt: eine Verurteilung jeder Lebensspielerei und ein Bedürfnis nach Ernst, welches den bevorzugten Ständen jedesmal, wo es auch auftreten mag, als Gefahr erscheint und als Angriff.« Es ist Rainer Maria Rilke (1875-1926), der im Juni 1901 die gesellschaftliche Relevanz von Arthur Schnitzlers Erzählung *Lieutenant Gustl* für die österreichische k.u.k. Monarchie feinsinnig benennt. Für die ständische Gesellschaft erschien es als kalkulierter Affront des jüdischen Mediziners und Künstlers, daß er die banale Realität hinter der bereits brüchig gewordenen Fassade der Monarchie mit literarisch avancierten Mitteln demaskierte. Mit dem jungen Leutnant seiner Novelle schuf er eine literarische Figur, die man als einen repräsentativen Sozialtypus der bereits gefährdeten Monarchie erkannte. Der Kern der Erzählung, die Konfrontation eines Offiziers mit einem bürgerlichen Handwerker im Foyer eines Konzerthauses, hat, wie der mit Schnitzler befreundete Schriftsteller Felix Salten (1869-1947) berichtet, einen realen Hintergrund. Ende Mai 1900 skizziert Schnitzler die »Leutnantsgeschichte«, zwischen dem 14. und 19. Juli 1900 wird die Erzählung ausgearbeitet, am 25. Dezember 1900 erscheint sie erstmals unter dem Titel *Lieutenant Gustl* in der »Neuen Freien Presse«. Mit der

Gattungsbezeichnung »Novelle« wird sie 1901 als illustrierte Einzelausgabe veröffentlicht, und bis 1919 werden über zwanzig Ausgaben aufgelegt. Mit der Novelle *Leutnant Gustl* gelang Schnitzler die radikale literarische Analyse einer untergehenden Gesellschaft.

»Wie lange wird denn das noch dauern? Ich muß auf die Uhr schauen ... schickt sich wahrscheinlich nicht in einem so ernsten Konzert.« Am Mittwoch vor der Karwoche 1900, es ist der 4. April, hört Leutnant Gustl, der knapp vierundzwanzig Jahre alt sein dürfte, eher zufällig und gelangweilt in einem Wiener Konzertsaal das »Oratorium nach Worten der heiligen Schrift«, op. 36 von Felix Mendelssohn-Bartholdy aus dem Jahre 1836, ein Konzert, das in der ersten Aprilwoche 1900 tatsächlich im Wiener Konzertverein stattfand. Nach dem Ende des Konzerts wird der Offizier aufgrund seiner ungehaltenen Arroganz von einem Bäckermeister nach einer Drängelei und einem folgenden Wortwechsel »dummer Bub« genannt. Leutnant Gustl ist aus Angst vor einem öffentlichen Skandal wie gelähmt und läßt den Bäckermeister gehen, der sich mit den Worten verabschiedet: »Aber ich will Ihnen die Karriere nicht verderben ... Also, schön brav sein! ... So, hab'n S'keine Angst, 's hat niemand was gehört.« Leutnant Gustl ist in Aufregung: »Was wird der Oberst sagen? – Was er sagen wird? – Aber da gibt's ja nur eins: quittieren mit Schimpf und Schand' – quittieren!« Der Angriff auf die »Ehre« des Leutnants von einem Handwerker, der in der ständisch strukturierten Gesellschaft als nicht »satisfaktionsfähig« galt, war nach dem zeitgenössischen militärischen Ehrenkodex gleichbedeutend mit dem Ende einer möglichen militärischen Karriere und mußte so notwendigerweise die Selbsttötung des Beleidigten zur Konsequenz haben – »und darum muß ich mich totschießen«. Leutnant Gustl verbringt in größter nervlicher Erregung die Nacht im Prater und geht ungeplant am frühen Morgen in sein Stammcafé. Dort wird ihm berichtet, daß der Bäckermeister in der Nacht an einem Schlaganfall gestorben sei. Da so die Affäre nicht öffentlich werden kann, im Foyer des Konzerthauses hatte man keine Notiz von dem Vorfall genommen, öffnet sich für den Offizier wieder die Zukunft. »Am End' hat ihn der Schlag getroffen aus Wut, aus verhaltenem Zorn ... Ah, warum, ist mir ganz egal! Die Hauptsach' ist: er ist tot, und ich darf leben, und alles g'hört wieder mein!« Doch die durchlebte Grenzsituation führt nicht zu einer Wandlung des Charakters, Gustl bleibt verhaftet in dem Freund-Feind-Schema des militärischen Denkens. Schnitzler gelingt durch die gewählte subjektive Erzählperspektive eines »inneren Monologs« die sprachliche Konturierung eines defizitären sozialen Typus, der sich der gesellschaftlichen Bedrohung seines Standes allein durch Aggressivität und Gewalt zu erwehren weiß, da seine Identität ständig bedroht erscheint, durch die »Juden« allgemein, wie durch einen Juristen ganz konkret – »Rechtsverdreher sind doch heutzutag' alle Sozialisten!«: »Er hätt' nur noch sagen müssen, daß sie mich aus dem Gymnasium hinausg'schmissen haben, und daß ich deswegen in die Kadettenschul' gesteckt worden bin ...« Diese Reflexionen während des Konzertes gehen einher mit Erinnerungen an durchlebte sexuelle Beziehungen, die lediglich ein nicht einzulösendes Verlangen nach geschlechtlicher Überlegenheit unterstreichen. Was ihn unmittelbar nach dem Tod des Bäckermeisters und der dadurch überstandenen Affäre allein beschäftigt, ist die freudige Erwartung des nächsten Gegners, des promovierten Juristen, den er wegen der unterstellten Herabsetzung der Armee zum Duell mit dem Säbel gefordert hat, dies auch, wie deutlich wird, weil ihm die »Sache« für seine Karriere förderlich erscheint: »... na wart', mein Lieber, wart', mein Lieber! Ich bin grad' gut aufgelegt ... Dich hau' ich zu Krenfleisch!«, heißt es im letzten Satz.

Die Veröffentlichung der Novelle in der Weihnachtsausgabe einer Tageszeitung provozierte in den konservativen Kreisen Wiens einen Sturm der Entrüstung, in dem alle antisemitischen Stereotypen der Jahrhundertwende gegen den jüdischen Autor mobilisiert wurden.

Arthur Schnitzler, Oberarzt der Reserve, wurde durch einen »Ehrenrätlichen Ausschuß« im April 1904 die Offizierswürde aberkannt, weil er das »Ansehen der österr. ung. Armee geschädigt und herabgesetzt« hat, so die Begründung, und zum einfachen »Sanitätssoldaten des k. u. k. Landsturms« degradiert. Karl Kraus (1874-1936) kommentierte die Affäre in der Zeitschrift »Die Fackel«: »Herr Schnitzler ist gestrichen worden, weil er nicht höflich genug war, vor dem Offiziersehrenrath zu erscheinen und dort zu erklären, daß ihm eine gehässige Tendenz gegen den Stand, dem er sich freiwillig angegliedert hat, ferne gelegen sei und daß er für die Anrüchigkeit des Ortes, an den er sich mit einer psychologischen Studie ahnungslos begeben, nicht verantwortlich gemacht werden sollte.« Doch hier unterschätzte Kraus das gesellschaftskritische Potential des *Leutnant Gustl*, das gerade die militärischen Stützen der k. u.k Monarchie herausforderte und zu massiven öffentlichen Angriffen in der Presse veranlaßte. Sie bestätigten letztlich unfreiwillig die sozialpathologische Dimension von Schnitzlers Analyse, denn hier offenbarte sich ein Ressentiment, das Schnitzler in das Zentrum seiner Novelle gestellt hatte. Die kritisch-satirische Wirkung der Novelle wurde gesteigert durch eine epische Technik, mit der Arthur Schnitzler in der deutschsprachigen Literatur mit als erster als durchgängiges Erzählprinzip experimentiert hat: dem

»inneren Monolog«, der seitdem zu einem festen Bestandteil der literarischen Moderne von James Joyce bis Arno Schmidt werden sollte. Auch diese formale Leistung hat Rainer Maria Rilke erkannt und hervorgehoben: »Erscheinungen, die kaum sichtbar geworden wären, sind für diese innere Schaubühne gewonnen; der Strom des Lebens ist gebogen und gezwungen worden, durch dieses enge Flußbett hindurchzufließen, wobei denn ein großes Rauschen geschieht ...« Arthur Schnitzler hat selbst darauf hingewiesen, daß es Korrespondenzen zu dem französischen Roman *Les lauriers sont coupés* von Édouard Dujardin (1861-1949) gebe, der 1888 veröffentlicht wurde und den James Joyce später als erstes Beispiel für den konsequenten »inneren Monolog« bezeichnet hat. Schnitzler entwickelte diese Erzählform konsequent weiter. Die Provokation für die konservativen Wiener Gesellschaftsschichten war, daß die unausgesprochenen Gedanken der literarischen Figur, ihre Assoziationen und ihr dauernder »Bewußtseinsstrom« in unmittelbarer, fiktiver dokumentarischer Form wiedergegeben werden. Die Durchschnittlichkeit Gustls wird so durch seinen eigenen Gedankenstrom enthüllt, seine bedrohten kleinbürgerlichen Wertmaßstäbe und die allein auf die soziale Stellung zielende Weltsicht spöttisch-ironisch der Lächerlichkeit preisgegeben. Der Leser wird unmittelbar einbezogen in den Realitätsraum und den emotionalen »Haushalt« der literarischen Figuren und hat Teil an den Augenblickswahrnehmungen und Empfindungen – der Erzähler verschwindet so vermeintlich ganz hinter seinen Figuren, deren Bewußtsein transparent und zum Gegenstand möglicher kritischer Spiegelung oder Identifikation wird. Die Krise der Persönlichkeit um 1900 – bei Schnitzler wie auch bei den übrigen Autoren des sogenannten Jung-Wien, Hugo von Hofmannsthal (1874-1929), Richard Beer-Hofmann (1866-1945) und Leopold von Andrian (1875-1951) beispielsweise – wird durch eine radikalisierte Literarisierung innerpsychischer Vorgänge zeitlich parallel zu der Ausarbeitung der Psychoanalyse ins Zentrum gerückt. Tatsächlich beruhte die von Schnitzler entwickelte Form des »inneren Monologs«, und nicht nur die inhaltliche Demaskierung eines kleinbürgerlichen Charakters, auf den Einsichten der aktuellsten psychologischen und erkenntnistheoretischen Forschungen. Mit Ernst Machs (1838-1916) *Beiträgen zur Analyse der Empfindungen* (1886) wurde es möglich, naturwissenschaftliche Erkenntnisse und die Empfindungen der äußeren Welt durch das Ich aufeinander zu beziehen, und bei aller kritischen Distanz Schnitzlers zu den psychoanalytischen Einsichten Sigmund Freuds korrespondiert die Ausbildung der Technik des »inneren Monologs« mit dem Erscheinen der »Gründungsschrift« der Psychoanalyse, der *Traumdeutung* (1900). Folgt man den Tagebüchern Schnitzlers, dann hat seine Auseinandersetzung mit den »Problemen der Psychopathologie« im März 1900 eingesetzt, unmittelbar vor der Ausarbeitung des *Leutnant Gustl*. Dies erklärt vielleicht, warum in der Novelle bewußt die Fiktion eines stringenten Bewußtseinskontinuums aufgegeben wurde; die literarische Form der frühen Prosa erscheint hier eindeutig radikalisiert, wie der Vergleich mit der Erzählung *Andreas Thameyers letzter Brief* deutlich macht. Die kurze Arbeit ist im Februar 1900 entstanden, wurde jedoch erst im Juli 1902 veröffentlicht. Zwar öffnet auch dieser fiktive Brief einen unmittelbaren Blick auf begrenzte Wahrnehmungsmöglichkeiten, doch hier eines schreibenden Ich, das in einem Abschiedsbrief Rechenschaft über den Grund seines Selbstmordes zu geben versucht. Als eine seiner Quellen benutzte Schnitzler Gerhard von Welsenburgs 1899 veröffentlichte Abhandlung *Das Versehen der Frauen in Vergangenheit und Gegenwart und die Anschauungen der Ärzte, Naturforscher und Philosophen darüber.* Daraus hat Schnitzler die Hinweise auf den französischen Philosophen Nicole Malebranche (1638-1715), auf Martin Luther und die übrigen historischen »Belege« am Beginn des Briefes entnommen. Die desillusionierende Enthüllung von Lüge und Unwahrheit und die Unfähigkeit, inmitten gesellschaftlicher Konventionen einen eigenen Weg zu finden, der Verstehen und Verzeihen möglich macht, sind Themen des fiktiven Abschiedsbriefs, den der vierunddreißigjährige Beamte der Österreichischen Sparkasse Andreas Thameyer kurz vor seinem Selbstmord verfaßt. Er vermag der Häme seiner Umwelt nicht standzuhalten. »Keineswegs kann ich weiterleben. Denn solange ich lebe, würden die Leute höhnen, und niemand sähe die Wahrheit ein. Die Wahrheit aber ist, daß mir meine Frau treu war – ich schwöre es bei allem, was mir heilig ist, und ich besiegle es durch meinen Tod.« Der naheliegende Verdacht der Untreue seiner Frau, die ein dunkelhäutiges Kind zur Welt gebracht hatte, versucht der um seine soziale Reputation gebrachte Beamte mit dem Zitieren wissenschaftlicher Literatur zu entkräften: »Ich habe ferner eine Geschichte gelesen – sie ist zu finden in Limböcks ›Über das Versehen der Frauen‹, Basel 1864, Seite 19 – daß ein Kind mit einem großen Brandmal auf der Wange geboren wurde, weil die Mutter einige Wochen vor der Geburt das Haus gegenüber in Flammen hatte aufgehen sehen.« Thameyer berichtet, daß auch seine Frau sich im vergangenen August »versehen« habe, als sie »mit ihrer Schwester unten im Tiergarten war, wo diese fremden Leute ihr Lager hatten, diese unheimlichen Schwarzen«. Der Einbruch des bedrohenden Fremden bezieht sich auf eine Gruppe von Aschanti, die sich 1896 tatsächlich anläßlich einer »Völkerschau« in Wien befanden. Literarische Skizzen dazu hat auch Peter Altenberg (1859-1919) in seinem Buch *Ashantee* (1897) publiziert, die das Faszinosum der Konfrontation mit dem Fremden deutlich machen:

»Neun Uhr abends. Die Tränen sind versiegt. Der Mond macht die Birken im Garten glitzern. Still sind die afrikanischen Hütten. Tíokos Hütte ist finstern. Monambô ruft mich. Ich trete in die Hütte. Auf dem Boden liegen Monambô, Akolé, die Wunderbare, und Akóshia. Kein Polster, keine Decke. Die idealen Oberkörper sind nackt. Es duftet nach edlen reinen jungen Leibern. Ich berühre leise die wunderbare Akolé.«

Von einem erotischen Begehren der schwarzen »jungen Leiber« wird in dem Brief Thameyers nicht gesprochen, doch die Abwehr ist sprechend genug – und das Resultat der Begegnung seiner Frau mit den Fremden auch: »Sie sagte mir, niemals in ihrem Leben habe sie ein solches Grauen empfunden als an jenem Abend, da sie allein bei den Negern war ...« Da Thameyer weiß, daß er den Verdacht der Untreue nicht zu entkräften vermag, sieht er für sich keinen Ausweg mehr: »In den Tod treibt nur ihr mich, ihr alle, die ihr zu armselig oder zu boshaft seid zu glauben oder zu verstehen.« Andreas Thameyer und Leutnant Gustl sind zwei Exponenten unterschiedlicher Bewältigungsmöglichkeiten einer Identitätskrise.

Gegen Sigmund Freuds Theorie des Unbewußten setzt Schnitzler das »Mittelbewußtsein«, dessen selektive Wahrnehmung die Konstruktion des Ich erst möglich macht: »Es ist das ungeheuerste Gebiet des Seelen- und Geisteslebens; von da aus steigen die Elemente ununterbrochen ins Bewußte auf oder sinken ins Unbewußte hinab.« Dies ist in Auseinandersetzung mit Sigmund Freuds Theorie des Unbewußten formuliert, der sich Schnitzler nicht anschließen konnte. Freud hat später jedoch eingeräumt, daß es bei allen Unterschieden doch wesentliche Berührungspunkte zwischen seinen Ergebnissen und den literarischen Exempeln Schnitzlers gebe. »Ich habe Sie gemieden aus einer Art von Doppelgängerscheu«, schreibt der Psychoanalytiker an den Schriftsteller am 14. Mai 1922 und führt weiter aus:

»Ihr Determinismus wie Ihre Skepsis – was die Leute Pessimismus heißen –, Ihr Ergriffensein von den Wahrheiten des Unbewußten, von der Triebnatur des Menschen, Ihre Zersetzung der kulturell-konventionellen Sicherheiten, das Haften Ihrer Gedanken an der Polarität von Lieben und Sterben, das alles berührte mich mit einer unheimlichen Vertrautheit. (In einer kleinen Schrift vom J[ahr] 1920 »Jenseits des Lustprinzips« habe ich versucht, den Eros und den Todestrieb als die Urkräfte aufzuzeigen, deren Gegenspiel alle Rätsel des Lebens beherrscht).«

Nur zwei Jahre später, im Oktober 1924, erschien in der »Neuen Rundschau« die Erzählung *Fräulein Else*, in der Schnitzler demonstriert, wie die »Zersetzung« der kulturellen und sozialen Sicherheiten den Sturz der Persönlichkeit notwendig nach sich zieht. Eros und Thanatos als die dominierenden Triebkräfte sind zwar auch in diesem langen inneren Monolog zentral, doch wiederum ist es das »Mittelbewußtsein«, das angesichts einer persönlichen Krisensituation zur Erkenntnis über die Bedingungen der individuellen und sozialen Existenz kommt. Die Erzählung, deren Handlung in den September 1896 zurückverlegt ist, war der letzte große Erfolg Schnitzlers zu Lebzeiten. Sie wurde 1929 mit Elisabeth Bergner in der Hauptrolle verfilmt, und bis 1931 wurden über 70 000 Exemplare der Buchausgabe verkauft. Angeregt wurde Schnitzler zu der Erzählung durch einen Artikel über den »Geheimnisvollen Selbstmord einer jungen Dame der Wiener Gesellschaft«. Doch gegenüber einem früheren Kommilitonen betont er ein Jahr nach Erscheinen den fiktiven Gehalt der Novelle: »Was nun Deine spezielle Frage anbelangt, so hat das ›Fräulein Else‹, so wie ich sie geschildert habe, niemals gelebt und der Fall, den ich erzählt habe, ist völlig frei erfunden.« Die neunzehnjährige Else erhält in einem Kurhotel in den Dolomiten einen Brief von ihrer Mutter. Diese berichtet ihr, daß der Vater, ein anerkannter, aber leichtsinniger jüdischer Rechtsanwalt, Mündelgelder veruntreut habe und ihm deshalb die Anklage und eine hohe Gefängnisstrafe drohten. Else soll einen wohlhabenden Freund der Familie, den jüdischen Kunsthändler von Dorsday, der sich ebenfalls in dem Hotel in San Martino aufhält, um ein hohes Darlehen bitten und dies umgehend telegraphisch anweisen lassen. Doch der gealterte Lebemann fordert als Gegenleistung, daß sich Else ihm nackt zeige, »eine Viertelstunde in Andacht ihrer Schönheit, die nur von Sternenlicht bekleidet sei«. In einem zweiten Brief fordert die Mutter ihre Tochter nochmals eindringlich auf, dem Vater beizustehen: »Wiederhole flehentliche Bitte mit Dorsday reden. Summe nicht dreißig, sondern fünfzig. Sonst alles vergeblich.« Nur mit einem Mantel bekleidet verläßt Else ihr Zimmer und irrt durch das Hotel. Im Musikzimmer, in dem sich neben Dorsday auch Elses Verwandte befinden, läßt sie den schwarzen Abendmantel fallen und erleidet einen Zusammenbruch: »Was habe ich getan? Was habe ich getan? Ich falle um. Alles ist vorbei.« Sie wird auf ihr Zimmer gebracht und nimmt in einem unbeobachteten Moment eine hohe Dosis Veronal, das sie vor dem Verlassen des Raums bereits in einem Glas Wasser aufgelöst hatte: »Ich habe Veronal getrunken. Es ist gut. Ich werde sterben. Gott sei Dank«, schließlich verliert sie das Bewußtsein: »Ich fliege ... ich träume ... ich schlafe ... ich träu... träu – ich flie......«

Nur wenige Stunden umfaßt der Bewußtseinsstrom, doch

er dokumentiert den Prozeß einer radikalen Desillusionierung und Dekonstruktion eines von der Realität eingeholten Bewußtseins. Else muß sich eingestehen, was sie latent bereits geahnt hat: daß sich hinter der Fassade wohlanständiger und gesicherter Bürgerlichkeit Abgründe verbergen, die ihre eigene Existenz mit einbeziehen und der Käuflichkeit preisgeben. »Ich bin ja ein junges Mädchen. Bin ein anständiges junges Mädchen aus guter Familie. Bin ja keine Dirne ...« Dabei wird sie selbst mit ihrem widersprüchlichen Begehren kenntlich, ihre sexuellen Phantasien offenbaren ihren narzißtischen Charakter. Durch die subjektive Erzählperspektive wird der Bruch zwischen Ich und Gesellschaft brutal ersichtlich, aus der Abhängigkeit von ökonomischer Macht und Individualität gibt es in einer Welt, in der die traditionellen Bindungen und Werte nichts mehr gelten und auch die Familie endgültig zerfällt, kein Entkommen mehr: »Und – was ich mir diesmal kaufen will, Else, so viel es auch ist, Sie werden nicht ärmer dadurch, daß Sie es verkaufen.« Mit diesen Worten des Kunsthändlers wird die bürgerliche Moral reduziert auf das ökonomische Tauschprinzip, die Frau wird zum käuflichen Objekt und muß an dem destruktiven Potential des beschädigten sexuellen Begehrens zugrunde gehen. »Sein Auge spricht: ich will dich nackt sehen. Nun, du Schuft, ich bin ja nackt. Was willst du denn noch? Schick die Depesche ab ... Sofort. Es rieselt durch meine Haut.« Der innere Monolog mündet in die Auflösung der Identität, er dokumentiert die individuelle Einsamkeit und das Zerbrechen an der herrschenden Doppelmoral der bürgerlichen Welt gleichermaßen. »Alle haben mich gemordet und machen sich nichts wissen. Sie hat sich selber umgebracht, werden sie sagen. Ihr habt mich umgebracht, Ihr Alle, Ihr Alle!« In der Novelle *Fräulein Else* erscheint die Technik des inneren Monologs intensiver noch als im *Leut-*

nant Gustl. Der Bewußtseinsstrom wird auch durch das Schriftbild konsequent abgehoben, die Dialoge der übrigen Personen sind kursiv gesetzt, die Musik – beziehungsreich ist es Schumanns Komposition »Carneval«, die im Musikzimmer erklingt – wird durch die Wiedergabe der Noten in den Text montiert. Diese Modernität, so wurde von der zeitgenössischen Kritik behauptet, stehe im Widerspruch zum Stoff der Novelle, der scheinbar einer vergangenen Epoche entstamme und nicht der krisenhaften politischen Gegenwart der Zwischenkriegszeit der zwanziger Jahre. Dagegen hat sich Schnitzler in einem Brief an den Schriftsteller Jakob Wassermann (1873-1934) im November 1924 deutlich zur Wehr gesetzt:

»In den einzelnen Menschen hat sich nicht die geringste Veränderung vollzogen, nichts anderes ist geschehen als daß verschiedene Hemmungen weggeräumt sind und daß allerlei Bübereien und Schurkereien mit einem verhältnismäßig geringeren Risiko in jeder Hinsicht, sowohl materiell als ethisch genommen, verübt werden können als es früher der Fall war. Überdies redet man etwas mehr und etwas ungescheuter als früher vom Essen und Geld. Sind etwa die Typen, um nicht zu sagen die Individuen, vom Erdboden verschwunden, die ich geschildert habe und wie ich hoffe noch einige Zeit hindurch zu schildern mir erlauben werde?«

Hansgeorg Schmidt-Bergmann

ZU DIESER AUSGABE

insel taschenbuch 2802: Arthur Schnitzler, Fräulein Else. Leutnant Gustl. Andreas Thameyers letzter Brief. Herausgegeben und mit einem Nachwort versehen von Hansgeorg Schmidt-Bergmann. Die Texte folgen der Ausgabe im S. Fischer Verlag: Arthur Schnitzler, Gesammelte Werke. Die erzählenden Schriften, Erster Band.

Umschlagabbildung: Egon Schiele, Adele Harms, 1917, Ausschnitt.